엄마 마흔,
시작하기 좋은 나이

엄마 마흔, 시작하기 좋은 나이

두 아들 엄마의 임용고시 성공법

장연이 지음

두드림미디어

'배불뚝이', '곰돌이 푸', 고등학교 때 좋아했던 선생님의 별명이다. 생물을 가르치셨는데 생물 시간이면 나는 친구랑 자리까지 바꿔가면서 맨 앞줄에 앉아, 마치 일대일 과외를 듣는 사람처럼 수업에 열중했다. "선생님, 선생님" 하며 따르던 내가 귀여웠는지 선생님은 나를 댁으로 초대해 가족들을 소개시켜주고 저녁도 먹이고 하셨다.

그러다 우연히 '선생님, 사랑해요'라는 주제로 글쓰기 공모전을 하는 것을 보고는 사연을 적었는데 당선이 됐다. 인터뷰어 몇 분이 학교로 나와 꽃다발을 전달하고, 사진도 찍으며 선생님과 인터뷰하는 시간을 가졌다. 선생님께서는 "내 생애 최고의 선물을 받았다"라고 하시며 좋아하셨다. 그때 나는 누군가를 주인공으로 만들어주는 기쁨을 처음 느꼈다. 고등학교를 졸업하면서는 작은 축제에서 선생님께 노래를 불러드렸다. 한스밴드의 〈선생님, 사랑해요〉라는 곡이었는데 무대 아래에서 흐뭇한 표정으로 바라보던 선생님의 얼굴이 아직도 선명히 떠오른다. 그날의 날씨도 공기도 바람도 내게는 작고 예쁜 추억으로 남아 있다.

출판을 막바지에 두고 마지막으로 이 글을 쓰려니 나는 열일곱 살 고등학교 시절로 순식간에 돌아간 듯하다. 책을 쓰는 동안 오롯이 내가 나일 수 있었던 덕분인지, 시간을 접은 듯 정말 내가 나로서만 존재했던 학창시절로 자꾸만 돌아가게 된다. 이제서야 나는 어떠한 후회도 아쉬움도 미련도 없이 그 시절의 나를 보듬어 안아줄 수 있게 됐다.

천길 벼랑 끝 100미터 전.

하느님이 날 밀어내신다. 나를 긴장시키려고 그러시나?

10미터 전, 계속 밀어내신다. 이제 곧 그만두시겠지.

1미터 전, 더 나아갈 데가 없는데 설마 더 미시진 않을 거야.

벼랑 끝. 아니야, 하느님이 날 벼랑 아래로 떨어뜨릴 리가 없어.

내가 어떤 노력을 해왔는지 너무나 잘 아실 테니까.

그러나, 하느님은

벼랑 끝자락에 간신히 서 있는 나를 아래로 밀어내셨다.

…

그때야 알았다.

나에게 날개가 있다는 것을.

– 한비야, 《그건 사랑이었네》에 수록된 어느 프랑스 시

모두가 자신만의 날개를 각자의 방법으로 펼쳐 보일 수 있길 바란다. 끝으로 책을 쓸 수 있도록 도움주신 모든 분들과 사랑하는 가족, 친구, 선생님들께 감사를 전한다.

장연이

차례

2장 꿈의 방아쇠를 당겨라

3장 두려움 없는 성장은 없다

4장 임용고시 합격한 엄마의 공부법

5장 내가 꿈을 이루면 나는 누군가의 꿈이 된다

1장

엄마 마흔,
시작하기 좋은 나이

엄마 마흔,
미친 꿈을 꾸다

"엄마! 엄마는 꿈이 뭐야?"

태권도장에 다녀온 일곱 살 큰아이가 물었다. 도장에서 엄마, 아빠의 꿈이 뭔지 알아 오라는 숙제를 내줬다는 것이다. 순간 심장이 움찔했다. 먼지를 뒤집어쓰고 잊혀가던 나의 꿈, 그 꿈이 자신을 찾아 달라고 외치는 소리를 들었기 때문이다. 나는 안간힘을 다해 아이에게 이렇게 대답했다.

"엄마? 엄마는 선생님이 되고 싶어."

초등학교 2학년 때쯤인가. 어휘력이 부족해 시험 문제를 제대로 풀지 못한 내게 언니는 "너 바보야? 책 좀 읽어"라고 야단을 했다. 나이 차이가 제법 나는 언니들과 대화할 일이 별로 없어 소외감을 느끼던 참이었던 나는 쓴소리일지언정 언니의 말이 달게 느껴졌던 것 같다. 그때부터 도서관에 가서 책을 읽기 시작했다.

그렇게 키워진 독해력은 국어 공부에 도움이 됐고, 국어가 좋아졌다. 고등학교 1학년 문학 시간에는 내가 쓴 글을 발표하기도 했는데 선생님께서 "잘 썼다. 그 정도면 대학생 수준이야"라고 칭찬해주시기도 했다. 그때의 기억이, 감정이 생생하다. 내가 좋아하고 또 잘하는 것을 찾은 첫 번째 순간이었다. 나는 이후로도 국어 선생님을 꿈꾸며 열심히 공부했다.

하지만 대입을 앞두고 부모님과 뜻이 맞지 않았다. 부모님은 사범대 입학을 반대했다. 나는 의지가 약하고 독하지 못해 졸업해도 임용고시 합격이 어려울 것이고, 그러면 이도 저도 안 된다는 것이었다. 가족들의 무서운 예언에 나는 지레 겁을 먹고, 원하던 국어교육과 대신 부모님의 뜻에 따라 간호과에 진학했다. 투쟁보다 타협이 쉽다는 것을 일찌감치 알았던 덕분일까? 그렇게 내 꿈은 쉽게 사그라들다 사라져버렸다.

간호대 졸업 후에는 '간호사'라는 이름의 옷에 나를 맞추느라 애를 먹었다. 나는 문학을 좋아하고, 상상을 일삼는 우뇌형 인간이었다. 그런데 간호사는 여러 개의 톱니바퀴가 맞물려 돌아가는 시계처럼 한 명의 환자를 돌보는 데 필요한 모든 것을 자신이 맡은 책임만큼 정확히 해내야 하는 직업이었다. 우뇌형보다는 좌뇌형에 적합했다. 늘 긴장되고 예민한 상태로 있어야 하는 임상에서의 경험은 나를 뜨겁게 달구고 두드리며 연단의 과정을 거치게 했다.

신규 시절에는 '여기가 바로 전쟁터구나' 하는 생각이 절로 들었다. 눈에 보이지 않는 총탄이 날아다니는 것 같았다. 그것을 피해 다니느라 나는 정신이 없었다. 까딱 잘못하면 나도 남도 죽을 판이었기 때문이다. 현실 도피였는지, 꿈을 찾으려는 몸부림이었는지는 모르겠으나 2년의 병원생활 끝에 나는 보건교사가 되겠다며 호기롭게 병원을 퇴사했다.

그렇게 수험생이 됐지만 현실과 이상은 달랐다. 나에 대한 타인의 정의처럼 나는 의지가 약했고, 독한 구석이 없었고, 생각처럼 공부에 집중도 안 됐다. 1년 3개월간의 수험기간 동안 두 번의 시험을 치렀는데, 모두 1차에서 미끄러졌다. 나는 시험결과만 확인했을 뿐, 오답 체크도 하지 않았다. 내가 얼마나 의지박약에 불성실한 수험생이었는지, 지금 생각하면 그저 부끄러울 뿐이다.

나름대로 노력했다고 믿은 수험생활은 물거품이 됐지만 나는 곧 마음을 추스르고, 처음부터 다시 시작하는 마음으로 병원 일에 매진했다. 그러면서도 정확히 알 수 없는 공허함이 그림자처럼 나를 따라다녔고, 그런 마음을 달래준 것은 바로 김연아 선수의 피겨스케이팅이었다. 나는 그녀의 피겨스케이팅에 매료되어 경기 영상을 보고 또 봤다.

저 완벽한 점프를 위해 얼마나 많이 차가운 얼음 바닥에 내동댕이

쳐졌을까 생각하니, 지난날 나의 노력이 너무나 초라하고 보잘것없게 느껴졌다. 이는 자기 비하가 아니다. 객관적인 시선으로 나 자신을 바라보게 된 것이다. 나는 명확하고, 뚝심 있는 그러면서도 우아하고 부드러운 그녀를 보며 삶에서 내가 나아가야 할 방향을 다시금 되새기고 있었다. 김연아는 자신의 피겨스케이팅에 최선을 다하는 최고의 선수였다.

이후 병원 일을 하며 간호직, 보건직 공무원을 준비했다. 돌이켜보니 꼭 공무원을 하고 싶었던 것이 아니라, 열심히 무언가를 해서 성취하고 싶었던 듯하다. 하지만 공부하는 내내 그 분야는 적성에 안 맞는다는 생각이 들어 한 번 시험을 치른 후 관뒀다. 돈과 시간을 낭비했지만, 미련은 없었다. 이후에는 해외로 가겠다며 아이엘츠(IELTS, 국제공인영어시험 중 하나) 시험을 준비했다. 하지만 목표가 정확하지 않고, 주변의 분위기에 휩쓸려 덩달아 준비한 터라 점수가 잘 나오지 않으니 곧 포기하게 됐다.

매번 도전은 실패로 끝났지만 그 속에서 내가 얻은 것이 있다면 '실패해도 도전해야 하는 이유'에 대한 나름의 해답이었다. 우리가 도전하고, 노력하는 과정에 들어서야 정확히 비교해볼 수 있는 것이 있는데 그것은 바로 꿈을 향한 간절함과 그 꿈을 이루기 위해 필요한 희생의 가치다. 큰 꿈을 이루기 위해서는 그만큼 크고, 가치 있는 것을 희생해야 한다. 현실에서 소중한 것들을 하나하나씩 희생해 가

다 보면 꿈을 향한 간절함도 조금씩 흐릿해질 수 있다.

실패하더라도 도전해야 하는 가장 큰 이유는 그러한 희생을 감내하면서도 반드시 내가 이루고 싶은 일인지 아닌지 도전하는 과정을 통해서만 알 수 있다는 것이다. 그리고 내가 정말로 원하는 것인지 아닌지를 알아야 후회가 없다. '그때 그거 해볼걸…' 하는 아쉬움과 미련도 없다. 그것은 단지 실패가 아닌 진짜 내가 원하는 것을 찾아가는 과정이며, 나만의 길에서 나만의 정답과 거리를 좁혀가기 위한 필수 과정인 것이다.

시간이 흘러 나는 두 아들을 키우는 워킹맘이 됐다. 지금껏 도전과 실패를 반복했지만 마음속 희망의 불꽃은 사그라지지 않았다. 눈 가리고 못 본 척 살고 싶었지만, 그럴 수 없었다. 그것을 외면하면 할수록 무언가 잘못되어 가고 있다고 느껴졌기 때문이다.

간호 일은 적성에 맞고, 보람도 있었지만 육아와 일을 병행하는 것은 여전히 힘들었고, 아이들의 눈웃음에 기적을 느끼고 사랑하며 감사하던 마음도 어떤 날은 손바닥 뒤집듯 뒤집어져 원망과 화로 가득 찼다.

'일단 시작해보자. vs 안 될 것이 뻔한데 시작을 왜 해.'

내 이성과 영혼의 힘겨루기는 꽤 오랫동안 이어졌다. 어느 날은 현실의 무게에 짓눌려 꼼짝 못 했다가, 또 어느 날은 내 삶의 의미, 목표, 사랑에 대한 답을 찾으려 노력했다. 지금에 와 돌이켜 보니, 매일 승패를 가늠하면서도 바라보는 방향은 절망 대신 희망, 어둠보다는 빛, 부정보다는 긍정이었던 듯하다.

나는 그렇게 조용히 나와의 전쟁을 치르고 맞이한 마흔 살에 다시 임용고시를 보리라 결심했다. 23년 전 쉽게 포기해버렸던 내 첫 번째 꿈. 그 꿈의 불꽃이 아직 사그라들지 않고 살아 있었던 탓이다. 어떻게 이루어야 하는지 몰랐지만, 나는 내 영혼의 속삭임에 귀 기울이고 그것을 따르기로 했다. 마흔, 엄마인 나는 다시 과거로 돌아가 못다 한 숙제를 마치려고 한다. 미친 꿈을 마음 가득 품고서.

머리는 생각하고 가슴은 안다

'나는 누구이고 어디서 왔으며, 지금 이곳에 왜 존재하고 있는가?'

이런 질문은 현실과 동떨어져 사색에 빠진 철학자들이나 하는 것일까? 아니면 평범한 사람들도 한 번쯤 마음속에서 떠올려 보는 것일까? 뭐가 됐든 내 삶에 중요한 질문임에는 틀림없다. 이러한 질문에 나름의 답을 찾으려 노력하는 과정을 통해 자신의 내면에 가까워지고 존재에 깊이 뿌리내려, 행복한 삶의 바탕을 만들 수 있기 때문이다.

하지만 나는 당장 먹고사는 문제에 급급해서 오랫동안 덮어두고 외면하며 살았다. 학업, 취업, 결혼, 육아 등 쉴 새 없이 펼쳐지는 문제들 앞에 나는 다른 생각을 할 겨를이 없었다. 일상의 바쁜 날들이 이어졌고, 더 많은 일들과 관계 속에서 기쁨과 행복이 늘어갔지만 그만큼 상처와 외로움도 커졌다. 나를 향한 기대와 의무는 점점 크고 많아져 나를 옴짝달싹 못하게 만들었고, 나는 내 안의 나와 점점 멀어지고 있었다.

전쟁을 치르듯 매일을 살아내던 어느 날, 커져가던 가슴속 구멍이 더 이상 외면하기 힘들 만큼 커져버렸다. 왜, 무엇을 위해서 살아야 하는지 몰랐던 나는 그저 불안했다. 그것은 나를 외면했던 시간들의 결과였고, 불안은 날카로운 비수가 되어 나를 찌르고 있었다. 내가 나를 알아봐주기를 바라는 간절한 마음의 몸부림이었으리라.

나는 당장이라도 일상을 멈춰 세워야 할 것 같은 불안과 두려움에 시달렸다. 내 하루는 여전히 바쁘게 흘렀지만 쉼 없는 일상 속에서 앞으로 나아가지 못했다. 더는 외면할 수가 없었다. 살기 위해, 나는 다시 한번 치열하게 질문을 던졌다.

'내 삶의 목적은 무엇인가? 나는 무엇을 위해 살아야 하는가?'

육아와 일을 병행하며, 오늘도 있는 힘껏 살아내고 있는 워킹맘의 입장에서 이런 고민에 사로잡혀 있는 것은 스스로에게 현실적이지 못한 사람, 길을 잃고 방황하는 사람이라는 꼬리표를 달아줬다. 엎친 데 덮친 격이었으나 어느 날 만난 시 한 편이 내게 따뜻한 위로를 건넸다.

머리와 가슴

머리는 차가운 것을 좋아합니다 가슴은 따뜻한 것을 좋아합니다.
머리는 딱딱한 것을 좋아합니다 가슴은 부드러운 것을 좋아합니다.
머리는 걱정하기를 좋아합니다 가슴은 기도하기를 좋아합니다.
…
머리는 현실을 좋아합니다 가슴은 꿈을 좋아합니다.
머리는 만족을 좋아합니다 가슴은 부족도 좋아합니다.
머리는 받기를 좋아합니다 가슴은 주기를 좋아합니다.

– 정용철, 《마음이 쉬는 의자》 중

'당신은 머리의 논리와 이성보다는 가슴의 열정과 꿈을 좇는 사람입니다'라고 말해주는 듯했다. 도전과 실패를 반복했던 그간의 어려움들에 상처받은 마음이 치유되는 기분이었다. 아무도 해주지 않았기에 목말랐던 말. 누구라도 알아봐주기를 원했던 내 안의 나는 간절히 원했기에 스스로를 알아봐준 듯했다. 나는 현실을 따르는 삶보다, 꿈을 좇으며 그것을 이루어가는 삶을 더 원했던 것이다.

머리, 즉 뇌는 생각한다. 사물을 꿰뚫어 보는 통찰과 유사하다. 도전에 앞서 생각한다는 것은 과거의 경험을 기반으로 한다. '나는 그것에 대해 잘 알아', '예전에도 그런 적이 있었지', '다시 그런 선택을 하는 것은 바보 같은 짓이야' 등 시작하기 전 가능한 한 모든 과정을 꿰뚫어 보고, 어떠한 위험이라도 있다면 원하는 것을 포기하고, 안전한 길을 선택한다. 과거의 실패와 좌절, 고통과 손실로부터 나를 보호하고자 하는 것이다. 아무것도 하지 않으면 그럭저럭 만족할 만한 현재 상태를 유지할 수 있다. 실패했을 때의 경제적 손실, 자존감의 저하, 주변 사람들의 시선 등 걱정스러운 요소들을 모두 차치할 만한 의지와 열정이란, 머리가 내리는 판단으로는 실로 위험한 것이다.

그러나 심장에는 마음이 있다. 그래서 심장(心臟)이다. 심장은 내 영혼의 속삭임을 들을 수 있는 곳이다. 머리가 생각하면서 만들어낸 불안, 두려움, 걱정들을 피해 가슴이 하는 말, 내 영혼의 목소리를 어떻게 하면 잘 들을 수 있을까?

도전하고 싶다면 '통찰'보다 '직관'의 힘을 먼저 발휘하자. 통찰은 대상의 가능성을 제한한다. 꿈을 이루어가는 과정은 현실적이지만 꿈을 꾸는 그 시작은 비현실적이다. 현재 상황으로서는 이룰 수 없음이 분명하기에 통찰의 판단이 틀렸다고만은 할 수 없다. 그러니 시작은 직관의 힘을 빌리자.

직관은 단순한 느낌을 말하는 것이 아니다. 철저한 경험적 지식을 바탕으로 하는 것이다. 현재로서는 어떻게 이루어야 하는지 알 수 없지만 나에게 경험과 능력이 있고, 할 수 있을 것 같다는 영혼의 끌림이 있다면 이를 따라보자. 영혼은 알고 있다. 무엇이 나를 행복하게 하는지, 어떤 길로 가야 나의 무한한 잠재력을 발휘하며 가장 나

다운 모습으로 살아갈 수 있는지를 말이다. 그리고 통찰의 힘은 도전하는 과정에서 빌려오자.

내가 마흔 살에 교사가 되겠다는 꿈을 꾸고, 그것을 결정하기까지 머리가 생각하고 전해온 말은 '보나마나 안 될 거야', '시간 낭비, 돈 낭비야', '안 될 일은 시작하지 말자' 등 수시로 불안과 걱정을 자극하는 것들이었다. 어떻게 그 합리적이고 논리적인 말들에 수긍하지 않을 수 있을까? 거기다 주변 사람들의 소극적인 반대는 덤이다. '소극적'이라고 해서 그 무게까지 가벼운 것은 아니다. 이렇게 무거운 짐을 지면서도 머리가 생각하는 바가 아닌 가슴이 이끄는 대로 할 수 있었던 원동력은 무엇이었을까?

마음이 가는 대로, 가슴이 시키는 대로 행동하는 삶은 당장은 손해고, 때로 큰 희생을 치러야 할 수도 있다. 정치적인 이유로 고발당하고 감옥에 갇혔지만, 고향을 떠나면 문제 삼지 않겠다는 이들의 제의를 거절한 소크라테스. 그는 결국 감옥에서 독배를 마시고 당당하게 죽음을 맞는다. 그 당시 소크라테스는 이렇게까지 해야 하냐는 주변인들의 회유와 설득 그리고 원망을 들어야 했다. 하지만 머리가 생각하는 바가 아닌 자기 내면, 영혼의 목소리에 귀 기울임으로써 내린 그의 판단은 시간이 흐르고 또 흐른 뒤에도 한 시대를 살아가는 사람들에게 깊은 영감과 울림을 준다.

모든 것은 나로부터 시작한다. 내 안에서 멀어진 그 빛을 찾아내 인생의 소중한 등불로 지켜내려면 용기가 필요하다. 내 안의 빛을 외면하지 않고 직면할 용기, 그것을 수용할 용기, 그리고 행동할 용기. 무언가 새롭게 도전하려면 안팎으로 반대에 부딪히니 사소한 것일지라도 '시작'한다는 것은 그 자체만으로 의미가 있다.

머리는 나의 안전을 지킬 방법을 생각하고, 가슴은 내가 진정한 나로 살아갈 수 있는 방법을 안다. 우리가 내면의 빛을 찾고, 이상을 향해 헌신하며 나아갈 때 진정 나다운 모습으로 온전한 자유를 누리며 살아갈 수 있다. 그러니 가슴이 이끄는 삶을 살아야 하지 않을까?

현실적이라는 말의 모순

당신의 이상(理想)을 현실로 가져올 수 있을까? 꿈을 꾸는 사람을 우리는 이상주의자라고 한다. 현재 존재하거나 얻을 수 있는 것들에 가치를 두는 현실주의자와는 대립된다. 이상주의자는 자신이 생각하는 최고의 상태를 삶에서 실현하는 일에 가치를 두고, 이에 헌신하는 삶을 산다.

그들이 꿈을 꾸고 현실로 이루어내기 전까지 그 꿈은 이상(理想)에 불과하지만, 이루어낸 후에는 현실(現實)이 된다. 이것이 정말 경이롭고 놀라운 부분이다. 모든 현실은 하나의 아이디어, 누군가의 이상에서 시작됐으며 불가능에서 가능으로 변화한 것이다. 현실 창조는 꿈꾸는 것에서부터 시작된다. 그러니 '현실적으로 불가능하다'라는 말은 정확히 말해 '지금은, 현실적으로 불가능하다'라는 뜻이다.

열대지역에 서식하는 야자나무의 일종인 워킹팜(Walking Palm)은 우리의 상식을 깨는 '움직이는' 식물이다. 식물이 움직인다고? 현실적으로 가능한 일일까? 워킹팜은 일반적인 나무와 다르게 뿌리가 땅에 깊이 박혀 있지 않다. 그래서 햇빛을 향해 조금씩 움직이며, 이동하려는 방향으로 새로운 뿌리를 내리고, 뒤에 있는 뿌리를 고사(枯死)하는 방식으로 1년에 4~20cm까지 움직인다. 빛이 닿는 장소가 일정하지 않은 열대우림 속에서 자신만의 독특한 방식으로 빛을 찾아 움직이며 생존하는 것이다.

임용고시 재수시절, 무더운 여름이 되니 쉼 없이 달려온 지난 시간 때문에 한풀 힘이 꺾였다. 최선이라 생각한 노력에도 불구하고 제자리걸음인 듯한 무료함에 나도 모르는 사이 잠시 얼이 빠졌던 것이다. 그때 '움직이는 나무' 이야기를 알게 됐다. '여태 내가 무슨 생각으로 공부를 하고 있었던 거지?' 정신이 번쩍 들었다.

'열심히 하는 것에 의의를 두자. 결과는 생각하지 말자' 이런 다짐들이 마음 깊은 곳에서는 '난 안 될 거야', '현실적으로 불가능해'라는 소리로 바뀐 듯했다. 미지근한 물에 개구리가 익어 죽어가듯, 나조차 눈치 챌 수 없게 '안 될 거 알지만 하고 싶어서 하는 거야'라고 나의 잠재의식을 세팅하고, 서서히 처음의 의지와 열정을 잃어가고 있었던 것이다. '아차!' 싶은 마음과 함께 가슴을 한 대 얻어맞은 것처럼 아팠다.

'엄마, 마흔'의 도전은 어느 때의 '나'보다도 많은 것들을 희생해야 했다. 그럼에도 외면하고 싶지 않았기에, 나는 용기 내 도전했다.

그런데 아직도 결과는 상관없이 경험 그 자체에 의미부여를 하겠다고? 이때 습관의 무서움을 처음 느꼈다. 실패 습관은 이번에도 내 안에 뿌리내리고 있었다. 실패는 마주하기 두려우면서도 여러 번 해봤기에 가기 쉽고 편한 길이었다. 분명 절망보다는 희망을, 어둠보다는 빛을 보며 출발했는데 조금씩 보이지 않게 돌아선 마음이 나도 모르게 절망을, 어둠을 보고 있었다. 내게 익숙한 '실패'에 마음을 두고 싶었던 것이다. 나는 꽤 오랫동안 비겁했다.

'식물도 자신의 한계를 넘어 움직이겠다는 의지를 실현하는데, 너는 어떻게 할래?'
'공부를 위한 공부가 아닌 합격하는 공부를 하자!'

실패가 될지, 성공이 될지 그 결과를 내가 정할 수는 없지만, 내 마음이 어디로 향할지는 정할 수 있다. 이기기 위한 싸움과 지지 않기 위한 싸움은 다르다고 하지 않던가! 지금까지의 나는 지지 않기 위한 공부를 하고 있었다. 그러나 이제부터는 이기기 위한 공부를 하리라 결심했다. 임용고시 도전을 선언했을 때만큼이나 용기가 필요한 순간이었다. 한 번도 가보지 않은 길을 가야 했기 때문이다. 아무도 모르게, 나는 다시 한번 비장해졌다. 비겁했던 나를 찾아내 내 앞에 세우고 이야기했다.

'있는 힘껏 해봐! 지쳐 쓰러져 겨우 결승점을 통과했는데 결과가 실패일지도 모르지! 그렇다고 적당히 힘을 남겨두고 결승점을 통과한 후에 실패하면 “그게 나의 최선이 아니었다. 다음에 더 열심히 하면 합격할 수 있다” 그렇게 위로하고 도망칠래? 여태 그랬던 것처럼? 이제 다음은 없어. 여기가 마지막이야!’

“무엇이든 이루어지기 전에는 불가능해 보이기 마련이다
(It always seems impossible until it's done).”

– 넬슨 만델라(Nelson Mandela)

남아프리카 최초의 흑인 대통령이자 흑인인권운동가인 넬슨 만델라는 자신의 삶을 통해 꿈을 향한 열정과 헌신을 보여줬다. 변호사로서 만족할 만한 삶을 사는 대신 수많은 인종차별적인 법률과 규제에 둘러싸인 사회체제에 저항하며, 흑인인권보호와 인종차별법(아파르트헤이트)의 완전 철폐를 주장하는 투쟁가의 삶을 살았다. 그는 27년간 감옥에서 수감생활을 할 당시에 어머니의 죽음, 아내의 수감과 모진 고문, 큰아들이 교통사고로 사망하는 불운이 겹치며 말로 표현할 수 없는 상실과 슬픔을 겪기도 했다.

그러나 그는 “인생에서 가장 큰 영광은 넘어지지 않는 것이 아니라 넘어질 때마다 다시 일어서는 것에 있다”라고 말했다. 아무리 어려운 상황이라도 포기하지 않고, 계속 노력한다면 결국 성공할 수 있음을 우리에게 말하고 싶었던 것이리라. 그의 자유를 향한 머나먼 여정은 남아프리카의 인종차별법 완전 철폐와 백인 지배의 종식으로 끝이 났다.

자신의 꿈에 확고한 신념과 믿음을 가지고 끝까지 포기하지 않았던 그조차 '이루어지기 전에는 불가능해 보이는 것'이라고 말했다. 이 말은 한동안 나를 떠나지 않았다. 그처럼 용기 있는 영웅조차 출발선에서 바라봤던 꿈은 '불가능'이었던 것이다. 그의 성공은 처음에는 '불가능'이었으나 결코 포기하지 않았던 끈기와 인내, 꿈을 향한 노력과 헌신으로 '가능'이 될 수 있었다. 그것은 당시 내가 마주한 장애물을 극복하는 데 필요한 용기와 희망을 다지는 데 큰 힘이 됐다. 덕분에 나는 흔들렸고, 고민했지만 쓰러지지는 않았다.

꿈을 향한 여정에서 필요한 것은 자신의 굳은 의지와 노력만이 아니다. 주변의 이해와 지지, 먼저 꿈을 이룬 이들의 응원과 격려, 꿈을 향해 함께 달리는 이들의 공감과 협력 등 많은 부분들이 합을 이루어 하나의 결과를 만들어내는 것이다. 용기를 가지고 행하고, 실패에서 교훈을 얻으며 포기하지 않고 끝까지 나아가는 인내력이 주변의 도움까지 끌어당긴다. 그리고 이러한 것들이 결국 우리를 목표에 이르게 한다.

'무엇이든 이루어지기 전에는 불가능해 보이기 마련이다.'

이것은 꿈을 이루어가는 과정에 대한 본질을 꿰뚫는다. 꿈은 언제나 현재의 우리로서는 이룰 수 없는 것이다. 그렇기에 꿈을 꾸기 위해서는 용기가 필요하다. 불가능해 보이는 꿈에 도전할 수 있는 작지만 큰 용기가 필요하다. 그리고 우리는 그 꿈에 도달할 때까지 계속 자신의 불가능을 직면해야 한다. 매일의 노력에도 여전히 전진과 후퇴를 반복하고 있으며, 아직도 아득히 먼 결승점만이 보일 뿐이다.

하지만 처음 출발한 곳을 되돌아봤을 때 우리는 분명 점점 더 나아지고 있으며 매일, 매 순간 한계를 넘어서고 있었음을 알 수 있다. 아무리 노력해도 제자리걸음인 것 같다면, 현실적으로 불가능한 꿈이었음을 인정하게 되는 순간이 온다면, 처음 시작할 때 내가 얼마나 무지하고 준비가 안 되어 있었는지를 떠올려 보자. 우리의 노력은 우리를 배신하지 않으며, 그것이 바로 불가능을 가능으로 바꿔주는 열쇠다.

'현실적'이라는 말의 모순에서 벗어나 보면 어떨까? 지금 내가 처한 현실적인 제약에도 불구하고 이루고 싶은 꿈이 있다면 그것을 이루기 위한 가장 작은 행동을 실천해보자. 그렇게 시작해서 한 계단, 한 계단 밟아 올라가면 된다. 빛을 찾아 스스로 움직이는 나무처럼, 불가능을 가능으로 이끌었던 수많은 성공자들처럼 당신도 당신의 이상을 현실로 가져올 수 있다. 꿈을 위해 헌신하며 포기하지 않을 때, 당신의 이상이 현실로 이루어진 곳에 도착할 것이다.

내 인생 그냥 흘러가게 두지 마라

결혼을 하고 아이를 키우면서 나는 삶의 전선에서 치열했고, 시간을 허투루 보내지 않으려 노력했다. 무엇이든 열심히 하면서, 인생을 허비하고 있다는 죄책감과 공허함을 지우려 애썼고, 잘하고 있다고 스스로를 위로했다. 무엇보다 10년쯤 뒤에는 지금보다 더 나아져 있을 것이라 확신했다. 하지만 아니었다. 실은 앞으로 나아가지도, 위로 올라가지도 못하는 다람쥐 쳇바퀴 같은 일상에 내 영혼을 갈아 넣으며, 뭐든 열심히 하면 좋아질 거라는 환상 속에 나를 가두고 있었던 것이다.

내 일상은 너무 평범했지만 평범한 일상이라 그랬을까? 나는 하루하루를 살아내기에 바빴다. 큰아이 돌이 지나 육아휴직을 마치고 첫 출근하던 때가 기억난다. 이른 아침의 한산한 도로를 달리며 새벽공기를 만끽하던 시간이 어찌나 좋았는지…. 노래도 흥얼거리며 비로소 자유를 즐기는 기분이었다.

하지만 딱 그뿐이었다. 오전 7시부터 오후 3시까지 8시간의 근무를 마치면 쏜살같이 아이에게 달려갔다. 뭐가 그리 미안했는지 1분이라도 더 빨리 가고 싶었다. 그러고는 한참을 놀이터에서 놀았다. 조금 피곤했지만 아이가 아파서 병원에 가던 날을 생각하면, 건강히 뛰노는 지금에 감사할 뿐이었다.

아이는 예고 없이 열이 나고 아프다. 아이가 아프면 예측 가능하던 내 일상이 순식간에 틀어지고 퇴근 후의 모든 스케줄이 어긋난다. 전쟁통 같은 소아과 진료를 마치면 오늘의 귀가가 늦어지고, 저녁식사가 늦어지고, 결국 잠자리에 드는 시간도 늦어진다. 남편은 '오늘도 야근'이다. 일은 나 혼자 다 하는 기분이었다.

하루는 이런 일도 있었다. 둘째 아이 병원 진료 후 집에 돌아와 저녁 준비를 하고 있었고 메뉴는 카레였다. 큰아이가 다섯 살, 작은아이는 두 살쯤 됐으려나? 둘째가 장염이라 죽을 끓여놓고, 큰아이 먹을 카레를 식탁으로 들고 가는데 둘째가 그 자리에서 설사를 하는 것이다. 급한 마음에 바삐 가다 내 발에 걸려 넘어지면서 카레를 다 엎어버렸다.

그 와중에 전기렌지에 올려놓은 죽은 끓어 넘치고, 카레는 엉망이 됐고, 둘째는 카레 색깔과 같은 설사를 하는데 먹을 것과 나오는 것의 색깔이 똑같은 것이 이 상황을 희화화하는 것 같았다. 순간 모든 사고가 정지되어 주저앉아 울고만 싶은 심정이었고, 카레는 목구멍으로 넘어가지 않을 것 같았지만 결국 저녁으로 먹었던 것 같다. 아이 키우고 먹고사는 것만 해도 이렇게 정신이 없는데 내 꿈은 언제

어떻게 좇는단 말인가!

이쯤 되면 환경이 사람을 지배하게 된다는 말에 순응할 만도 하지 않을까? 적어도 나는 그랬다. '내가 결혼을 왜 했을까?', '애는 왜 낳았을까?' 하는 생각들이 불쑥불쑥 올라왔다. 그것이 평범한 워킹맘의 일상이라 할지라도, 언제 끝날지 앞이 보이지 않던 그 시간들에 나는 정신을 잃고는 했다.

'지금 잘 살고 있는 것 맞아?'

작은 균열이 댐을 무너뜨리듯 내 안의 물음표가 삶의 의지와 열정까지 무너뜨릴까 두려워졌다. 그러다 지금 이렇게 정신없이 흘러가는 내 삶을 꽉 붙들고, 잠시 멈춰 서야 한다는 것을 불현듯 깨달았다. 나는 누가 봐도 가치 있는 시간을 보내고 있었다. 엄마로서 아이를 키우고 직장생활을 하며 집 안 살림도 잘 꾸려가고 있었으니 말이다.
하지만 꿈이 있는 엄마의 입장에서는 이야기가 전혀 달랐다. 몰아치는 기대와 의무의 폭풍에 휩쓸려 원하는 곳으로는 한 발짝도 가지 못하고 불안에 떠는 안타까운 엄마 '사람'일 뿐이었던 것이다. 당시 매일의 내 불안과 두려움을 달래준 것은 책이었다.

2000년 전 로마 황제 마르쿠스 아우렐리우스가 전쟁터에서 쓴 일기 《명상록》은 오랜 세월이 흐른 지금까지 수많은 사람들에게 읽히며, 신념과 가치를 확립하는 데 유용한 지침서가 되고 있다. 처음에는 '한 번에 다 읽어내야지' 하는 욕심을 부렸지만 이내 포기했다. 그렇게는 도저히 소화할 수 없었고, 한 문장 한 문장 모두 곱씹어보고 음미해보고 싶었기 때문이다.

'신들이 그동안 네게 무수히 많은 기회를 주었는데도, 너는 그 기회를 단 한 번도 받아들이지 않고, 얼마나 오랫동안 이런 일들을 미루어 왔었는지를 기억해보라. 이 땅에서 네게 주어진 시간은 엄격하게 한정되어 있기 때문에, 네가 그 시간을 활용해서 네 정신을 뒤덮고 있는 안개를 걷어내어 청명하게 하지 않는다면, 기회는 지나가버리고, 네 자신도 죽어 없어져서, 다시는 그런 기회가 네게 오지 않을 것이라는 사실도 알아야 한다'.

– 마르쿠스 아우렐리우스(Marcus Aurelius Antoninus), 《명상록》 중

이 구절을 읽는 순간 번개를 맞은 것처럼 강렬한 인상을 받았다. '나의 시간이 엄격하게 한정되어 있다는 것'과 그러므로 내 의식을 명확히 하지 않으면 '나는 곧 죽어 없어지고 다시는 기회가 없을 것'이라는 충고는 차가우면서 따뜻했고, 잔인하면서도 사랑이 넘쳤다. 최선을 다하고 있다고 착각하면서 시간을 흘려보내고 있는 내게 '그래도 괜찮아, 하지만 기회는 많지 않아'라며 위로와 함께 한 치의 오차도 없이 정확하고 냉혹한 현실을 일러주는 듯했다.

나는 오직 이번 생만을 사는 '지금의 나'에게 예의를 갖추고, 내가

원하는 방향으로 나를 데리고 가야 함을 알게 됐다. 나에게 끌려오는 이런저런 것들을 모두 수용하고, 그것들을 끌어안고 열심히만 살아서는 안 되는 것이었다.

스티브 잡스(Steven Paul Jobs)는 스탠포드대학교 졸업식 축사에서 인생의 3가지를 이야기하며 그중 하나로 '죽음'을 언급한다. '오늘이 내 인생 마지막 날이라면 지금 하려고 하는 일을 할 것인가?' 매일 아침 스티브 잡스가 거울을 보며 자신에게 던진다는 이 질문은 꽤나 유명하다. 그는 며칠 연속 'NO'라는 답이 나오면 자신의 인생에 변화가 필요하다는 것으로 받아들였다고 한다.

연설 당시 스티브 잡스는 췌장암 진단과 함께 6개월 시한부 선고를 받았지만 극적으로 수술에 성공하고, 완치 판정을 받았던 시기다. 죽음을 그 어느 때보다도 현실적으로, 가까이서 체험했기에 '우리는 곧 죽을 몸'이라는 사실을 가감 없이 드러내고, 끝이 있는 삶에 대처하는 우리들의 자세가 어때야 하는지 다음과 같이 이야기한다.

"죽는다는 생각은 인생의 결단을 내릴 때마다 가장 중요한 도구였다. 모든 외부의 기대, 자부심, 수치스러움, 실패에 대한 두려움 등은 죽음 앞에서 모두 떨어져 나가고 정말로 중요한 것들만 남기 때문이다. 죽음은 삶을 대신해 변화를 만든다. 지금 여러분은 신세대이지만 머지않아 구세대가 되어 사라져갈 것이다. 여러분의 시간은 한정되어 있다. 다른 사람의 삶을 사느라 인생을 낭비하지 마

라. 타인의 견해가 여러분 내면의 목소리를 삼키지 못하게 하라. 중요한 것은 가슴과 영감을 따르는 용기를 내는 것이다. 이미 여러분의 가슴과 영감은 여러분이 되고자 하는 바를 모두 알고 있다. 그 외의 모든 것은 부차적인 것이다."

육아와 직장생활 모두 잘 해내고 싶었던 나는 바쁘고 여유가 없었다. 그래서 성실하고 부지런하다고 생각했고, 그것은 분명 잘살고 있다는 뜻이었다. 무엇인지 모를 불안과 마음 깊은 곳 한 켠이 허공을 떠도는 것 같은 기분은 그저 복에 겨운 감정 낭비로 치부했다. 그것이 얼마나 위험한 생각이었는지 막다른 길에 다다라서야 눈치 챘고, 깨달았다.

삶은 그저 흘려보내는 것이 아니라 내가 원하는 목적지를 향해 방향키를 잡고 나아가는 것이다. 그곳에 갈 수 있는지 없는지는 두 번째 문제다. 우선 원하는 목적지로 가기 위해 필요한 것들로 내 삶을 채워가야 한다. 자기결정권을 행사하는 삶이어야 한다는 말이다. 타인이 내 삶의 결정권을 행사하게 두어서는 안 된다. 또한 바쁘게 산다고, 열심히 산다고 해서 꼭 자기결정권을 행사하는 삶이라고 믿어서도 안 된다. 내 삶의 주인공으로, 내가 설계한 삶을 살아가고 있는가? 내 인생 그냥 흘러가게 두지 마라.

단순함의 힘

자신만의 꿈이 있는 엄마라면, 우선 미니멀리스트가 되어야 한다. 삶에서 '최소한의 것'을 추구하며, 필수적인 것에 집중하는 미니멀리즘은 내 꿈을 이루는 데 첫 번째 발판이 되어줬다. 우리 주변에는 에너지를 빨아들이는 여러 블랙홀이 있으며, 우리는 이것들과 적절한 거리를 유지하며 살아가야 한다. 이 블랙홀들은 나의 시간과 에너지를 필요로 하므로 최소한의 관계 맺기가 필요하고, 그것을 실천하는 것이 바로 '미니멀리즘'이다.

에너지를 빨아들이는 첫 번째 블랙홀은 '불필요한 물건'이다. 물건이 많다는 것은 집안일이 많다는 것과도 같은데, 자기계발과 육아를 병행하려면 절대적으로 집안일을 줄여야 한다. 하지만 아이가 한창 클 때는 맥시멀리스트 신세를 벗어나기 힘들다. 나도 큰아이 여덟 살, 둘째아이 다섯 살이 되어서야 아이 장난감이나 책, 옷들을 처분할 수 있었다. 아이들 물건은 버릴 것과 남길 것을 스스로 정하게 했다. 각자에게 소중한 것을 스스로 정하게 하니 남은 물건들을 더 잘 간수하고 아끼게 됐다.

내 옷은 트레이닝복 3~4벌만 남기고 모두 정리했다. 수험생일 동안은 집, 도서관 이외의 외출을 허락하고 싶지 않아 하나도 남겨두지 않았다. 극단적인 방법이었지만 효과는 확실히 좋았다. 아이들 옷은 편하게 입을 수 있는 것으로 5벌 정도만 남겼고, 남편은 원래 옷이 많지 않은 편이라 정리할 것이 별로 없었다.

엄마이자 주부로서 가장 손이 많이 가는 살림 중 하나가 부엌살림이다. 아이들이 이유식을 먹던 시기에는 말 그대로 이유식 준비하는데 하루를 다 보낼 정도로 먹는 데 진심이었다. 하나부터 열까지 내 손을 거쳐 요리를 해줬는데 그때는 무조건 그래야 하는 줄 알았다.

싱크대와 조리대, 식탁에는 갖가지 주방용품과 잡동사니들이 자리를 차지했다. 하나하나 따져 보면 다 필요한 것들인데, 볼 때마다 어지럽고 산만하게 느껴지는 주방이 답답했다. '꼭 필요한 것만 남겨두자' 생각하고 밥그릇, 국그릇 4개, 접시, 종지 3~4개, 수저 5벌. 딱 이렇게만 남겼다. 그 외에 중복된 주방용품들은 가장 좋아하는 것으로 한 가지씩만 남겼다.

그렇게 싱크대 위에는 거의 아무것도 두지 않았고 식탁은 아예 치워버렸다. 이것저것 올려뒀다가 난장판이 되기 십상인 곳이 바로 식탁이기 때문이다. 냉장고 안의 먹거리들도 때마다 해먹을 수 있는 간단한 식재료 4~5가지 위주로 보관하고, 장은 조금씩 자주 보는 버

릇을 들였다. 어지러운 살림이 정리되니 시간 절약은 물론 심적인 부담도 확 줄어들었고, 어수선한 마음까지 정리됐다. 공간이 단순해지면 마음이 단순해지고 그러면 나만의 할 일, 내가 하고 싶은 일에 집중할 수 있다.

에너지를 빨아들이는 두 번째 블랙홀은 '불필요한 생각'이다. 미니멀리즘은 꼭 필요한 물건만 남겨두는 과정인 동시에 나의 가치관, 생각을 명확하게 하고 그에 따라 말하고 행동하는 것 역시 포함한다. 따라서 '생각 다이어트'가 필요하다. 불안, 두려움, 화, 의심 등 여러 부정적인 생각들은 집요하게, 지속적으로 우리 에너지를 빼앗아간다.

물론 불안과 두려움의 순기능도 있다. 모든 생명을 가진 존재는 성장한다. 하지만 성장의 순간마다 생명은 위험을 감수해야만 한다. 갑각류인 가재는 탈각화를 통해 신체의 크기를 늘려가는데, 더 강해지고자 하는 순간마다 가장 약해져야 한다. 그 시기를 잘 버텨내고 나면 더 크고 강한 가재가 되는 것이다.

인간은 성장 앞에 불안과 두려움, 의심 등으로 더 많은 생존전략을 세우며 위험에 대처할 수 있었고, 그것이 이들의 순기능이다. 하지만 이러한 불안과 두려움에 매몰되어 매 순간 이것들을 앞세우면 이들은 어느새 내 에너지를 빼앗아가는 블랙홀이 되고 만다.

내 주변을 단순하게 만들어가듯 머릿속도 명확하고, 단순하게 정리할 필요가 있다. 자신에 대한 의심과 불신이 깊은 사람은 희망의 씨앗을 뿌릴 수도, 싹을 틔울 수도 없다. 자신의 생각을 하찮게 여기는 습관, 자신의 능력을 낮춰 보는 습관, 나는 할 수 없을 것이라는 믿음, 철저한 계획과 이를 완벽하게 수행하려는 강박증 등은 그 어떤 것보다 강하게 나의 에너지를 훔쳐간다. 이러한 생각들은 나의 머릿속을 어지럽히는 주범이므로 단호하게 배제해야 한다. 내 삶을 소중히 여기듯 내 머릿속의 생각들도 꼭 필요한 것들로 정갈히 가꿔야 한다.

어지러운 생각들을 단순하게 정리하면 희망이 보인다. 그저 존재하는 것으로 존재의 이유를 다한 나 자신에게 자신감이 생긴다. 그때야 비로소 내가 진정으로 원하는 나만의 목표에 몰두할 수 있다. 자신감을 유지하며 희망을 가지고 도전할 수 있는 힘의 원천은 바로 단순한 생각에 있다.

꿈을 좇기 위해 반드시 차단해야 하는 마지막 블랙홀은 '불필요한 관계'다. '관계'는 사회적 동물인 인간에게 없어서는 안 되지만, 때로는 빡센 '인간관계 다이어트'가 필요하다. '자발적 고독', '셀프 고립'이 필요하다는 말이다.

다양한 관계에서 오는 즐거움도 좋지만 신체적, 심리적 피로도 적지 않다. 당장 누군가를 만나기 위해 들여야 하는 시간과 돈, 에너지의 소비에 더해 만남 이후에도 이어질지 모르는 감정적 어려움과 에

너지 소비를 생각해본다면 일시적인 관계 다이어트는 꼭 필요하다.

관계는 쌍방향으로 이루어지므로 내 상황에 따라서만 유지될 수는 없다. 상대방이 원하는 것을 지금 주지 못하면 유지될 수 없는 관계가 많고, 그런 관계는 자연스레 정리된다. 하지만 '관계 다이어트' 후에도 살아남아 이전보다 더 소중해지는 관계도 있다.

가족은 떼려야 뗄 수 없는 소중한 관계임에도 누군가에게는 어렵고 불편한 것일 수 있다. 그리고 상황이 이렇다면 어떤 관계에서보다 강력하고 지속적으로 나의 에너지를 빼앗길 수 있다. 반대로 너무 좋은 가족관계도 독이 될 수 있다. 나를 아끼고 사랑하는 사람일수록 내가 안전하기를 바라며, 지금의 경계를 벗어나는 것을 원치 않기 때문이다. 너무 가깝고 소중한 관계이기에 때로는 '일시적 거리두기'가 필요하다. 꼭 필요한 관계만 유지하며 철저한 고독 속에 나를 데려다놓으면 나의 시간과 일상이 단조로워진다. 그리고 그 단조로운 일상 속에서 내 꿈을 좇기 위한 노력이 가능해진다.

꿈을 이루기 위해서는 그 목표에 충실해야 한다. 내 시간과 에너지를 할 수 있는 최대한, 한곳으로 집중시켜야 한다. 목표가 클수록 큰 희생을 감내해야 하며 그것에 더 많이 헌신해야 한다. 그래야 목표를 이룰 수 있다.

미니멀리즘은 부차적인 것을 제외하고, 본질적인 것에 집중하며 실속 있는 삶을 추구하는 생활방식을 말한다. 하지만 미니멀리즘은 그 자체가 목적이 아니다. 버리고 비움으로써 최소한의 것만을 남기는 그 자체가 목적이라면 그것 역시 '버리기 강박증'에 불과할 것이다. 미니멀리즘은 목적이 아닌 수단으로 활용되어야 한다. 단순함의 힘은 우리가 원하는 것을 시작할 수 있고, 그것에 집중하는 힘을 유지할 수 있도록 하는 데 있다.

엄마라서 가능하다

여자와 엄마는 어떤 차이가 있을까? 엄마 이전에 우리는 모두 여자로서의 삶을 살았다. 그 누구보다 내가 우선이었으며 대부분의 시간, 돈, 에너지는 나를 위해서만 사용해도 문제되지 않았다. 내가 먹고 싶은 것을 먹고, 입고 싶은 것을 입으며 하고 싶은 것을 하면 됐다. 그렇게 나를 위해 사는 삶은 너무도 당연했다.

결혼 전 나는 체력이 약했다. 신경성 두통이 가시지 않았고, 그래서인지 더 쉽게 지치고 만사가 귀찮을 때가 많았다. 무엇이든 할 수 있을 만큼만 하고 무리하지 않았다. 휴일이면 종일 잠으로 피로를 쫓고, 시체처럼 손가락 하나 까딱 않고 누워만 있었다. 내가 체력이 약하고 독한 구석도 끈기도 없다는 것을 무엇보다 진실로 여겼다.

하지만 아이가 태어난 순간부터 나는 엄마가 됐고, 그것이 희생이며 헌신이라는 생각조차 없이 내 모든 것을 내어주게 됐다. 내 하루를 온통 차지하고 처음부터 끝까지 자신의 요구만 내세우며 스스로는 아무것도 할 수 없음에도 나를 쥐락펴락 할 수 있는 존재가 대체 이 자그마한 '내 아이' 외에 누가 있을까?

전적으로 나의 보살핌이 이 아이를 살게 함에도 아이는 절대 기죽는 법이 없다. 엄마는 이제 대부분의 시간, 돈, 에너지를 자신이 아닌 아이를 위해 사용한다. 자신보다 아이가 우선이며 자신보다 아이가 더 돋보이기를 바란다. 아이가 먹을 것을 준비하고, 아이에게 필요한 것들을 먼저 챙긴다. 그렇게 아이를 위해 사는 삶이 너무도 당연해진다.

육아로 밤잠을 설치는 생활이 일상이 되어, 그저 잠 한번 실컷 자봤으면 좋겠다는 생각이 절로 들지만 밤에는 밤대로 낮에는 낮대로 할 일이 산더미다. '내가 인생을 이렇게 열심히 살 줄이야!' 싶은 자조 섞인 자부심이 내 마음을 가득 채우지만 그것은 특별할 것 없는 평범한 '엄마'의 일상이라는 사실을 문득 깨닫는다. 갈 곳 잃은 내 자부심은 '엄마는 역시 대단한 존재'라며 그렇게 모든 엄마를 칭송하는 것으로 갈무리 짓는다.

엄마가 되며 여자는 자발적으로, 기꺼이 자신을 희생한다. 다행히도 엄마로서의 희생이 아무 보상도 없이 끝나지는 않는다. 미국의 사상가 랄프 왈도 에머슨(Ralph Waldo Emerson)은 보상의 법칙에 대해 이렇게 설명했다. "하나를 잃으면 다른 하나를 얻고, 하나를 얻으면 다른 하나를 잃는다", "우리가 경험하는 모든 것들은 보상체계로

이루어져 있다. 어느 한 곳이 비면 그 자리는 다른 것으로 메워진다. 모든 고통과 희생은 보상을 받고, 모든 은혜는 되돌아온다."

난생처음 겪어 보는 육아전쟁 앞에서 매일이 내 한계를 넘나드는 고행이지만 그렇게 턱끝까지 차오르는 숨을 꾹꾹 눌러 삼키며 인내했던 적이 언제 있기는 했을까? (치솟는 화를 참지 못해 아이에게 터트리고는 곧 후회하고 뒤돌아 자책한 적도 다반사다.) 더군다나 종일의 울분이 아이의 눈웃음 한 번에 눈 녹듯 사라지니 이리 헐값에 내 화를 풀 수 있었던 적이 또 언제 있기는 했을까?

아이가 전하는 위로와 응원은 또 어떤가! 어떤 이의 세상에서 전부가 되어 보는 놀라운 경험은 스스로를 믿지 못하는 고질병도 싹 사라지게 한다. 아이의 눈에 엄마는 못할 것이 없는 슈퍼우먼이다. 아이의 반짝이는 두 눈이 확신에 가득 차 "엄마 할 수 있어!"라고 말하는 것을 보면, 내 안에 어떠한 의심도 두려움도 순식간에 사라지고 만다. 내 삶을 갈아 넣어 키운 아이가 다시 나를 살려내는 것이다.

여자는 엄마가 되면서 자신을 잃기도 하지만 처음과 끝이 맞닿은 뫼비우스의 띠처럼 다시 자신에게로 돌아와 이전보다 더 깊이 자신의 내면을 관찰하고 탐구하게 된다. 오롯이 자신의 힘으로 우뚝 선 삶을 살 수 있다면, 엄마는 자신의 아이에게 튼튼하고 깊게 뻗어 내린 뿌리가 된다. 엄마(부모)라는 뿌리가 단단하면 할수록 아이는 자신을 그리고 자신의 삶을 긍정적으로 바라보게 된다. 이 세상에 남자로, 여자로 태어난 것은 행복한 일이며 존재하는 것으로 이미 존재의 이유를 다했음을 받아들일 수 있다.

엄마는 세상의 모든 좋고 아름다운 가치를 자신의 아이에게 주고 싶다. 자신의 삶에서 겪는 다양한 경험들은 지금 당장의 좋고 나쁨을 떠나 언제나 자신에게 도움이 된다는 것을 아이가 진정으로 알기를 바란다. 운명처럼 펼쳐지는 자신의 삶 앞에서도 원하는 것을 꿈꾸고 그것을 이루며 살아갈 수 있는 힘과 지혜를 가지기를 기도한다.

한 치 앞도 내다보기 힘든 요즘의 세상을 살아가는 우리 아이들에게 필요한 것은 시련이 없는 비단길이 아니라, 시련 앞에 쓰러져도 다시 일어설 수 있는 강인한 정신력과 자신의 가능성을 믿고 포기하지 않는 자기 확신과 인내 그리고 자신과 타인을 사랑할 수 있는 따뜻한 마음이라는 것을 일깨워주고 싶다. 모든 사랑의 출발점인 스스로를 아끼고 사랑하는 마음, 타인을 사랑하고 배려하는 마음, 끈기와 인내, 변화를 수용할 수 있는 유연성, 공감과 수용 등 이 세상의 모든 좋은 것들을 우리 아이에게 주고 싶다.

그런데 그 좋은 것들을 누가 줄 수 있을까? 바로 부모인 내가 먼저 줘야 한다. 그 좋은 것들을 내가 먼저 내 것으로 체득해야 아이에게 줄 수 있다. 상대를 위해 진정으로 변화하고, 성장하고자 하는 마음을 낼 수 있는 존재가 바로 엄마다. 세상이란 바다에 홀로 있을 때, 태풍우가 몰아쳐도 끄떡 않고 자신의 존재에 깊게 뿌리내린 사람으로

길러내기 위해 내가 먼저, 엄마가 먼저 그러한 존재가 되고자 하는 것이다(엄마가 되면 모두 인품이 훌륭해진다고 말하는 것이 아니다. 그저 여자가 엄마가 됨으로써 얻는 개인적인 성장을 말하는 것이다).

내가 아이에게 더 좋은 엄마가 되고자 했던 노력은 나 자신이 어떤 사람이며, 내가 진짜 원하는 것이 무엇인지 다시 한번 깊이 생각해 보며 나를 일으켜 세우는 것이었다. 그리고 그 결과는 '불가능'이라는 이름표를 떼고 다시 한번 임용고시에 도전하는 것!

20대의 내가 치른 임용고시는 '하는 척'만 하는 공부였다. 그때의 나는 인정하지 않겠지만 돌이켜 보니 그랬다. '하는 척'하느라 힘이 많이 들어갔고, '하는 척'하느라 수험생활은 그저 힘들기만 했다. '하는 척'하는 공부는 인내하지 않는다. '인내하는 척'할 뿐이다.

엄마, 마흔의 내가 치른 임용고시는 머리에 총을 들이댄 것 같은 절박함 속에서 오로지 행동으로 불안을 떨쳐내는 것 외에는 방법이 없었다(그렇다 해도 매일은 불안과 두려움의 바다를 허우적대는 기분이었다). 낭떠러지에서 떨어지기 일보 직전인 내가 오로지 살아야 한다는 일념 외에 무엇을 더 생각할 수 있었을까? 그저 지금 이 시간, 오늘 하루의 계획대로 해야 하는 것을 하는 것 외에 다른 생각은 할 수 없었다. 혹 다른 생각이 불쑥 떠올라 내 안을 가득 채우는 순간이 와도 오래 붙들려 있을 수 없었다. 무엇보다 소중한 아이들과의 시간을 포기하고, 엄마로서의 의무를 잠시 접어뒀다는 죄책감은 서슬 퍼런 작두 위에 선 것 같은 기분이었기 때문이다.

'지금 내 선택이 옳은 것일까? 할 수 있을까?'라는 의문과 불안이 어깨를 짓누르지만 엄마는 이미 자신을 믿고 인내하고 행동함으로써 원하는 것을 성취할 수 있는 힘과 지혜를 가지고 있다. 매일 어르고 달래고, 병 주고 약주며 자신을 한계까지 몰아세워준 아이 덕분에 말이다.

분명 여자는 엄마가 됨으로써 성장한다. 우리 아이 앞에 부끄럽지 않은 모습으로 더 나은 사람이 되고자 하는 마음, 지금보다 더 당당하게 설 수 있기를 바라는 마음이 자신의 내면을 더 깊고 면밀히 관찰하게 한다. 그러한 과정을 통해 다시 한번 자신의 꿈을 명확하고, 뚜렷한 모습으로 그리게 된다. 아이 덕분에 엄마는 자신의 꿈을 이루기 위해 필요한 실천력, 행동력, 끈기와 인내를 가지게 된다. 아이 덕분에 엄마는 자신의 꿈을 이루게 된다. 모든 것이 엄마라서 가능하다.

엄마 마흔,
시작하기 좋은 나이

엄마의 마흔은 자신의 영역을 지키기 위해 고군분투하다 잠시 멈춰 숨 고르기를 하는 시기다. 때로는 열심히 달려온 길에서 막다른 길을 만난 것 같기도 하다. 많은 것을 해왔지만 무언가 석연치 않은 느낌을 지울 수가 없다. 가슴 깊은 곳을 지나는 한 줄기 빛, 희망이 느껴지지만 그 희미한 불빛을 좇기에는 책임져야 할 것들이 많다. 그렇다고 그 빛을 끝내 못 이룬 꿈으로 외면하고 살기에는 찬란히 남은 인생이 슬프다.

사실 엄마 마흔은 시작하기 딱 좋은 나이다. 지식은 지혜가 되어 쌓이기 시작하고, 아이를 통해 보는 세상은 더 넓고 유연해졌다. 시간의 유한성은 피부로 와닿고, 지금 시작하지 않으면 기회는 다시 없을지도 모른다는 것을 절감한다. 시작과 마지막을 알리는 신호탄으로 '시간이 얼마 남지 않았다'라는 것을 느끼는 것만큼 제격인 것이 없다.

아이가 커감에 따라 '나는 아이에게 어떤 엄마이고 싶은가?', '나는 아이에게 무엇을 더 주고 싶은가?' 이런 질문들이 생겨난다. 온종일 먹이고 재우고 보살피는 돌봄의 씨름에서 점점 벗어나면서 조금씩 내 시간이 생겨난 덕분이다. 이 꿀맛 같은 시간에 엄마는 무엇을 하고 싶을까?

사실 무엇을 하고 싶다는 생각을 하기도 전에 육아 외에 해야 할 집안일들이 쏟아질지도 모른다. 그렇기에 자신이 무엇을 하고 싶은지에 대한 돌아봄이 더욱 필요하다. 내 삶을 내가 원하는 방향으로 이끌어가야 할 의무가 있기 때문이다. 모든 것이 원하는 대로, 계획대로 이루어지지는 않는다 할지라도 목적지도 없이 풍랑에 흔들리는 것과 목적지로 가는 도중에 풍랑을 만나는 것은 다르다.

지금까지는 건강하게 먹이고, 안전하게 보호하고, 다정히 안아주고 사랑해주기만 하면 됐다. 그런데 아이는 자라고 부모로부터 한 걸음 떨어져 자신의 세상을 향해 나아간다. 그런 아이를 보면서 엄마는 아이를 낳고 기른 후 처음으로 느끼는 공허함을 맞닥뜨린다. 내가 없는 아이의 시간이 생기기 시작했고, 그 시간이 점점 더 길어질 것이라는 사실에 불안하기도 하고 왠지 모를 아쉬움에 눈물이 나기도 한다.

그러나 이제는 자신을 위한 일에 시간을 투자해도 된다. 허락된 시간이 넉넉하지는 않아도 지금이 시작하기 가장 좋은 시기다. 누구나 조금씩 무리하며 한 걸음 한 걸음 나아가고 있다. 모든 조건이 완벽히 갖춰진 시기는 오지 않는다. 내가 울고 싶다면 내 환경은 언제나

내 뺨을 때릴 것이다.

독일 철학자 에리히 프롬(Erich Pinchas Fromm)은《사랑의 기술》에서 "약속된 땅은 젖과 꿀이 넘쳐흐른다"라는《성경》의 한 구절을 빌려 모성애를 이야기한다. 땅은 언제나 어머니의 상징이라고 하면서 젖은 사랑의 첫 번째 측면인 보호와 긍정적 측면을 상징하고, 꿀은 삶의 달콤함, 즉 삶에 대한 사랑과 살아 있다는 행복감을 상징한다고 한다.

> "대부분의 어머니가 '젖'을 줄 수 있으나 '꿀'까지 줄 수 있는 어머니는 소수에 지나지 않는다. 꿀을 줄 수 있으려면 어머니는 '좋은 어머니'일 뿐 아니라 행복한 사람이어야 한다. … 삶에 대한 사랑과 마찬가지로 어머니의 불안도 아이에게 감염된다."

이 대목을 읽으면서 나는 우리 아이들에게 젖을 줄 수는 있으나, 꿀까지 줄 수 있는 어머니는 아니라는 것을 순순히 자백해야 했다. 나는 현재를 살지 못했기에 흐르는 시간을 매 순간 대면하며 어떻게든 이 불안을 구슬리고 달래서 스스로에게 썩 괜찮은 미래를 억지로라도 그리게 했다. 그것이 진짜 자신의 삶을 사랑하는 어머니의 모습일까? 나는 스스로의 인정에 목말라 있었고 그렇기에 나 자신을, 내 삶을 진정으로 사랑할 수 없었다. 그런 나의 불안이 아이에게까지 감염되고 있을지 몰랐다.

이러한 생각을 통해 나는 내가 꿈을 이룬다는 것이 나의 성공 그 자체보다 더 큰 의미가 있음을 깨달았다. 나는 두 아이의 엄마이고, 그 아이들의 세상은 나로 가득했다. 내가 가진 것들은 오롯이 우리 아이들에게 전해질 것이었다.

그 막중한 책임감 덕분에 나는 아이에게 무엇보다 인성을 중요하게 가르쳤지만, 실상 그것은 내 교육철학을 따른다기보다 나를 비추는 아이의 모습을 보며 생기는 불안증을 다스리려는 것에 지나지 않았다. 내 훈육은 단호하지만 따뜻하게 인내하는 것이 아니라 위협적이며 권위적이고, 죄책감을 심어주는 모습일 때가 많았기 때문이다.

나는 우리 아이들에게 꿀까지 줄 수 있는 어머니가 되고 싶었다. 그렇게 되려면 내가 먼저 행복해지고, 나를 그리고 내 삶을 온전히 사랑할 수 있어야 했다. 이렇게 꿈을 이루기 위한 동기부여는 여자일 때보다 엄마일 때 더 강력하게 작동한다. 나의 꿈, 그것은 내 안에 있다. 러시아 인형 마트료시카처럼 나의 가장 깊은 곳에서 우리가 자신을 알아봐주기를, 자신을 찾아주기를 간절히 바라고 있다.

나를 둘러싼 껍질을 하나둘 벗겨내며 진실이 아니었던 매 순간을 맞닥뜨려야 한다. 하지만 그 순간의 두려움에 짓눌려 내 안의 진정한 나를 외면해서는 안 된다. 나만의 꿈 찾기를 포기해서는 안 된다.

우리 모두에게는 무수히 많은 '가능성'이 있다. 그것들은 우리가 세상 밖으로 끄집어내기 전까지는 존재하지도 않는 듯하다. 하

지만 우리가 그중 하나를 꺼내서 힘차게 흔들어 깨우면 그것들은 조금씩 움직이기 시작한다. 갓난아기가 태어나서 뒤집고, 기고, 앉는 과정을 거쳐 겨우 걷고 뛰게 되는 것처럼 꿈을 향해 나아가는 우리의 과정 역시 성공과 실패를 반복하고, 무수한 시행착오를 거쳐야 한다. 그것이 바로 성장의 순간이며 내 안에 잠든 거인을 깨우는 일이다.

엄마는 실패해도 쓰러지지 않는다. 그것은 그 순간의 실패일 뿐임을 알기 때문이다. 엄마는 실패를 통해 배우고 더 나은 사람으로 성장하고자 한다. 아이에게 순간의 실패에 흔들리고 포기하는 모습을 보여주기보다, 실패해도 다시 일어서 도전하는 모습을 보여줌으로써 인내와 끈기, 강인한 정신력의 DNA를 심어주고 싶기 때문이다. 이를 통해 아이들 생의 전 과정에서 맞이하는 커다란 변화의 순간마다 꺼내어 쓸 수 있는 강력한 무기를 만들고, 좀 더 폭넓은 선택지 안에서 아이들이 자신들 삶의 시나리오를 써나가기를 희망하는 것이다.

이제는 나이도 많은 데다 할 일도 많고, 예전의 패기와 열정마저 흐르는 시간과 함께 사라져버렸다는 생각이 드는가? 지금 내가 할 수 있는 것은 아이를 잘 키우고, 집 안 살림하며 그러한 일들에 무리가 되지 않는 직장을 구해 적당한 수입을 버는 것이라는 생각이 드는가? 사실 이런 엄마의 삶이야말로 가장 완벽한 삶이며, 결코 쉬운 일이 아니다. 워킹맘으로서 육아와 살림까지 잘 해내기가 쉬운 일인가! 그렇다고 전업주부로서의 삶은 또 어디 쉬운 일인가! 어떤 삶을 살아도 녹록지 않으며, 쉬운 삶은 누구에게도 없다.

그러니 무슨 일이어도 좋다. 그저 내가 진짜 하고 싶은 것, 나를 기쁘고 행복하게 해줄 수 있는 것이라면 무엇이든 좋으니 시도하고, 몰입해보자. 엄마 마흔은 시작하기 딱 좋은 나이다.

2장

꿈의 방아쇠를 당겨라

꿈의 방아쇠를 당겨라

아이들이 어릴 때는 육아에 여념이 없었다. 퇴근과 동시에 어린이집으로 가야 했고, 그날의 저녁 메뉴를 고민하고, 장을 보고 놀이터에서 놀다 집에 오면 씻기고, 먹이고, 재우고 하다 보면 하루해가 다 갔다. 가장 억울한 것은 아이들을 재우면서 나도 잠드는 것이었다. 오늘 하루도 무사히 보냈다는 안도감과 아이들이 잠들면 나만의 시간을 보낼 수 있다는 작은 희망이 공존하는 시간… 하지만 어김없이 눈을 뜨면 다음 날 아침이었다. '어제도 그냥 잠들었네' 하는 억울한 마음이 앞서지만, 충분히 잔 덕에 제시간에 눈이 떠지니 '일찍 자길 잘했어' 하는 마음도 들었다. 내 시간이라고는 없는 몇 년이 그렇게 훌쩍 지나갔다.

그러다 아이들이 유치원에 입학하니, 내 시간이 생기기 시작했다. 유치원에서 방과 후 수업을 하고, 태권도장까지 다녀오니 오후 6시쯤 됐다. 퇴근 후에 두세 시간 여유가 생겼다. 처음에는 퇴근 후의 시간을 낮잠도 자고, 미리 청소도 해두는 식으로 썼다. 그런데 낮잠은 길어도 20분을 넘기지 않아야 하는데, 더 많이 자서 도리어 피곤해지기도 했고 집 안 청소를 싹 해놓아도 집에 돌아온 아이들이 한바탕 놀고 나면 다시 원상 복구되어 결국 일을 두 번 하는 격이었다.

'얼마 만에 생긴 내 시간인데 유용하게 쓸 수 없을까?' 생각하다가 도서관에 가기 시작했다. 투석 공부를 하기 위해서였다. 10년을 병동 일만 하다가 새로운 것을 배워보고 싶어 문을 두드린 곳이 투석실이었다. 간호사 10년 차를 투석실 신규로 받아주기는 쉽지 않다. 면접 후에 나는 거의 안 될 것으로 생각했는데 수간호사 선생님이 출근해보라고 하셨다.

처음에는 너무 기뻤다. 하지만 생전 처음 보는 기계에 낯선 숫자와 기호들, 조금이라도 문제가 생기면 날카롭게 울려대는 알람 덕에 나는 온종일 신경이 곤두섰다. 또 투석 중엔 200*ml* 정도의 혈액이 관을 통해 몸 밖으로 나와 순환하기 때문에 언제라도 응급상황이 발생할 수 있다. 때문에 환자분들도 수시로 긴장하고, 예민한 상태가 될 수밖에 없다. 이런 환자분들을 안심시키고 모든 상황에 능숙하게 대처할 수 있어야 하는데, 내게는 그런 일들이 그저 꿈처럼 느껴졌다.

나이 많은 신규 간호사에게 환자들은 주사를 놓을 팔조차 내주지 않았다. 그도 그럴 것이 투석 환자들의 혈관은 생명줄이나 다름없다. 투석을 위해 혈관시술을 해야 하니, 혈관을 건강하게 유지해야 한다. 그러니 주사를 놓는 것도 당신들의 생명줄을 맡겨도 되겠다는 믿음

과 신뢰가 있어야만 가능한 일이었다.

간호사 10년 만에 위기였다! 모두 자신이 맡은 일을 척척 해나갈 때 나는 하나 해결하면 다음 문제에 발목이 잡혀 매번 묻고, 도움을 청해야 하니 1인분은커녕 0.5인분 역할도 못하는 실정이었다. 당장 그만두고 싶다가도 매일 같이 도움 받은 선배와 동료들에게 제대로 된 멤버로서의 역할을 한 번은 하고 싶다는 생각에 그러지도 못했다. 가르치느라 힘들게만 하고, "저 힘드니까 그만할게요" 할 수는 없었다.

이렇게 나는 매일을 업무 부진아로 지내야 했다. 물론 새로운 일에 적응하고 능숙해지려면 시간이 필요하지만 그 점이 나를 위로해주지는 못했다. 현장에서 배우고 경험하는 것들 외에 내가 더 할 수 있는 것들을 찾아서 해야 했고, 그것에 투석에 관한 이론 공부만 한 것이 없었다. 나는 앞서 말한 것처럼 출근 전과 퇴근 후의 시간을 쪼개서 투석 공부를 했다.

이론적 지식은 현장에서의 경험을 더욱 세밀하고, 구체적으로 기억하도록 돕는다. 현장에서의 경험은 책상머리에 앉아 쌓은 지식을 적절한 상황에 꺼내서 대입하고 활용하도록 돕는다. 이론과 경험은 마치 철근과 콘크리트처럼 서로 단단히 결합되어 완전한 지식이 된다. 경험적 지식을 쌓음과 동시에 이에 대한 이론적 지식을 명확히 함으로써 더 좋은 간호를 제공하고, 환자분들과의 신뢰도 쌓을 수 있다.

그런데 새롭게 공부를 하면서 깨달은 점 한 가지는 결혼과 육아를 하며 보낸 몇 년의 시간 동안 공부를 놓아서인지, 아니면 나이 때문인지 기억력이 예전 같지 않다는 것이었다. 분명히 책을 읽고 공부할 때는 다 아는 것 같았는데, 뒤돌아서면 머릿속이 깜깜해졌다. 똑같은 내용을 대략 10번 정도 읽고, 이해하고, 습득한 뒤에야 내 것이 되는 것 같았다.

내 머리가 이렇게 안 좋았었나… 하면서 자괴감에 빠지기도 했지만, 반복을 거듭할수록 기억나는 부분이 하나둘씩 늘어나는 것에 기쁘기도 했다. 나는 배움의 속도가 느리지만 모르는 것을 하나하나 짚어가며 개념지도를 완성해야 완주할 수 있는 타입이었다.

고백하자면 나는 투석실 입사 후 6개월이 넘어서야 이런저런 일들이 손에 익었다. 특히 왼손잡이인 나는 환자분들의 눈에 더 어설프고 불안해 보인다고 했다. 그런 부분들마저 익숙함으로 메꿔가기 위해서 더 많은 노력과 시간이 필요했다. 내게는 유독 힘든 시간들이었다.

하지만 선배와 동료들의 천금 같은 도움으로 나는 비로소 투석에 적응했고, 환자분들에게도 인정받을 수 있었다. 투석기계를 처음 봤을 때 '너랑 꼭 친해질 거야'라고 다짐했던 나와의 약속을 지켜낸 것이다.

어렸을 적부터 무엇이든 스스로 하는 버릇을 들여 독립적인 성격이라 여겨왔는데 나이 마흔이 넘어서야 깨달았다. 온전히 나 스스로

할 수 있었던 적은 한순간도 없었다는 것을. 누구도 스스로의 힘만으로는 할 수 없다. 나는 스스로 할 수 있을 만큼의 도움을 늘 받아왔고, 옆에서 지켜보며 울타리가 되어준 많은 사람들 덕분에 할 수 있었던 것이다.

관계에 다치고 지칠 때 어차피 인생은 '혼자 태어나서 혼자 죽는 것'이라며 냉소적으로 반응했지만 어쩌면 나는 '감사'를 놓치고 있었는지도 모르겠다. 사람이 어찌 온전히 혼자일 수 있을까? 누군가와는 멀어지고 소원해졌지만 누군가와는 여전히 서로의 곁을 지켜주고 있으며, 또 누군가와는 새로운 인연을 맺기도 한다. 내가 받은 사랑과 사람의 소중함이 적지 않았다.

꿈을 이루기 위해서도 주변의 도움이 필요하다. 나 혼자서는 절대 이룰 수 없다. '나는 누군가에게 피해를 끼치고 싶지 않아', '나는 도움이 필요하지 않아'라고 생각한다면 오산이다. 우리는 도움을 주고받을 수 있어야 한다. 사람은 혼자서 살아갈 수 없기 때문이다. 누군가 당신에게 '진심으로 당신의 도움이 필요합니다. 도와주세요'라고 청한다면 당신은 기꺼이 그 사람을 도와줄 것이다. 상대 역시 마찬가지다. 필요할 때는 도움을 받아야 하며, 또 누군가에게 도움을 줄 수도 있어야 한다.

처음에 나는 도무지 안 될 것 같았다. 이 복잡한 투석기계를 다 아는 것도, 서툴기만 한 일이 손에 익는 것도, 환자분들께 신뢰받는 유능한 투석실 간호사가 되는 날 같은 것도 도무지 오지 않을 것 같았다.

하지만 내가 투석실 문을 두드리며 꿈의 방아쇠를 당겼을 때 나의 의지와 노력, 주변의 이해와 도움 그리고 그러한 것들이 쌓여간 시간의 힘으로 나는 이전과 또 다른 사람이 될 수 있었다. 자기확신과 인내는 꿈을 찾고 이루어가는 모든 사람들에게 힘을 주는 말이다. 그래서 나는 이 말이 참 좋다. 도무지 이루어낼 수 없을 것 같은 꿈을 꿀 때마다 나는 이 말을 떠올린다. 꿈을 이룬 나를 확신해야 하고, 그때까지 묵묵히 행하며 인내해야 하는 것이다.

내면의 자유와 성장을 위한 책《상처받지 않는 영혼》에서 마이클 싱어(Michael A. Singer)는 이렇게 말한다.

> "영적 여행은 끊임없는 변화의 여정이다. 성장하기 위해서는 같은 자리에 남아 있으려는 발버둥을 멈추고 항상 변화를 포용하기를 배워야만 한다."

나는 변화의 순간마다 이를 피하기보다 문제를 직면하고, 수용해서 오직 성장의 밑거름으로 삼을 수 있기를 바란다. 그리하여 내면의 성숙을 이루어가는 삶을 살기를 꿈꾼다. 그 꿈의 길을 걸어가며, 나는 계속해서 꿈의 방아쇠를 당길 것이다.

성공은 선불이다

"성공은 선불이다. 그건 분명하다.
성공은 10년 전이든 15년 전이든 내가 뭔가를 선불로 지불했을 때
10년 후에든 15년 후에든 20년 후에 성공이 올 수 있는 가능성이 있다.
그 전에 지불을 안 했는데
내 앞에 어느 날 갑자기 성공이 찾아오지는 않는다."

– 손웅정, 《모든 것은 기본에서 시작한다》 중

마흔의 나에게 임용고시는 높이를 가늠할 수 없는 벽이었다. 더군다나 20대 후반 어영부영 보낸 수험생활의 실패가 나를 더 움츠러들게 했고, 불안은 그저 하고 싶다는 일념 하나로 도전한 일상이 견뎌야 할 무게였다. 동기부여는 그때뿐이라고도 하지만 결국 그날, 그 시간의 에너지를 새로이 충전하고 채워갈 수 있는 동기부여는 수험생활에 반드시 필요하다. 지금도 기억에 남는 교육학 강사님의 조언이 있다.

"이 시험은 상대평가가 아닙니다. 절대평가입니다. 매일 13시간씩 1년을 공부한 수험생은 무조건 합격시켜 준다고 약속된 절대평가입니다. 이 시험이 그런 시험이라고 한다면 여러분은 하루 13시간씩 공부 안 하겠습니까? 합격할 수 있을까 무섭고 불안하고, 그래서 집중 안 된다고 엉덩이 떼고 잠시 바람 쐬러 갔다 오고, 그런 거 하지 마세요. 지금 앉아서 공부하기만 하면 무조건 합격시켜주는 시험이라고 생각하고 공부하세요. 그렇게 공부하면 실제로 합격합니다."

불안으로 시간을 낭비하는 대신 내가 하는 만큼 된다고 믿고, 그냥 하라는 것이다. 순간 허공을 둥둥 떠다니던 불안한 마음이 아래로 슥 가라앉으며 차분해졌다. 정말 그랬다. 성공은 무조건 선불이다. 지금의 노력과 헌신이 있어야만 원하는 꿈에 이를 수 있기 때문이다.

성공은 또한 철저히 후불이다! 눈에 보이지 않아도 우리는 이미, 우리가 원하는 딱 그만큼의 성공을 보장받는다. 남은 것은 그것의 값을 정확히 알고 제대로 지불하는 것뿐이다. 정말 간단하다.

성공이 어째서 후불이냐고? 어려운 싸움일수록 우리는 싸움에 임할지 말지 신중해야 하며, 싸움에 임하기로 결정했다면 무조건 이기기 위한 싸움을 해야 한다. 이기기 위해 가장 중요한 요소는 바로 이길 수 있다는 확신과 자기신뢰다.

그것으로 우리는 이미 내 마음 안에서 성공을 보장받는다. 내가 원하는 성공의 값을 제대로 치를 수 있게 하는 원동력은 꿈을 이룬 나를 온전히 받아들일 수 있는 믿음과 희망이다. 그 믿음과 희망이 없

는 노력은 그저 노력하는 모습을 흉내 내는 것에 불과하다. 흉내 내기 노력으로는 성공할 수 없다. 그러니 이미 보장받은 성공에 값을 치르는 것은 나의 제대로 된 노력이고, 따라서 성공은 철저한 후불이기도 하다.

다음은 얼 나이팅게일(Earl Nightingale)의 책《부의 확신》에 소개된 나폴레온 힐(Napoleon Hill)의 말이다.

> "만일 욕망이 있다면
> 이룰 수 있는 능력도 있는 것이다.
> 능력은 욕망과 함께 온다."

능력은 욕망과 함께 온다. 내가 무엇을 하거나, 갖기를 원한다면 그것은 내가 그것을 해내고, 가질 충분한 능력이 있기 때문이다.

꿈을 이룬 내 모습을 아무도 지지하지 않는다고 해도 나만은 절대적으로 그것을 허락하고, 버퍼링 없이 수용하고, 상상할 수 있어야 한다. 꿈을 꾼다는 것은 그것을 해낼 수 있는 충분한 능력이 내 안에 있기 때문임을 알아야 한다.

성공은 철저히 후불이다. 나는 그것을 이뤘고, 그 값을 치르기 위한 노력을 지금 해야 하는 것이다. 그렇게 생각하면 노력의 정도가 완전히 달라진다. 지지 않기 위한 싸움이 아닌 이기기 위한 싸움을 하는 것이다.

'꼴찌로라도 좋으니 합격만 하자'라는 마인드로는 절대 합격할 수 없다. 분명 포인트는 '합격'에 있음에도 이런 확언은 자신도 모르게 '꼴찌'라는 단어에 집중하게 한다. 그래서 합격을 위한 최소한의 노력을 매일 매 순간 저울질한다. 내가 그랬다. 그리고 그것은 정말 에너지 소모가 큰 작업이었다. 어느 날 문득 이런 생각이 들었다. '지금 내 생활을 그대로 글로 옮겨 적는다면 합격수기가 될 수 있을까? 정말 턱도 없다.' 스스로에게 한 질문에 이런 답이 나오자 정말 암담하고 절망적이었다. 그때는 이미 1년 중 절반을 훌쩍 넘기고도 남는 9월이었기 때문이다.

어렵게 도전을 결심하고 회사에 1년 육아휴직을 신청하자 곧 코로나바이러스가 나타났고, 큰아이는 입학식도 없이 초등학생이 됐다. 그러고는 두 달 가까이 학교를 가지 못했다. 3월부터 본격적으로 공부해보겠다는 내 야심찬 계획은 속절없이 무너졌다. 하지만 아이들과 이야기하고, 놀고, 맛있는 것도 먹으며 함께 보내는 아침이 무엇보다 좋았다. 미루어둔 공부에 매진하는 것보다, 아이들과 함께 보내는 시간이 내게는 더 고팠나 보다. 그때까지는 정말 좋았다.

5월 중순쯤이 되자 코로나로 인한 휴업이 종료되고 학교도, 유치원도 학사일정을 재개했다. 이제는 미루어둔 공부에 집중할 때다 싶었지만 또다시 발목이 잡혔다. 둘째가 어느 날 갑자기 걸음을 잘 걷지 못하고 절뚝거리는 것이 아닌가! 병명은 '일과성 고관절 활액막

염'으로 보통은 2주를 넘지 않는 선에서 치유된다고 했다. 드문 경우 수개월간 증상이 지속되는데 우리 둘째 아이가 그랬다. 집에서 꼼짝 않고 누워 있어야 했고, 이동해야 할 때는 안거나 업어줘야 했다. 그렇게 거의 석 달을 집에서 누워 지내고서야 병은 완치됐다.

둘째까지 등원할 수 있게 되고 보니 어느덧 9월이었다. 임용고시 공부를 해온 바탕도 없는 내가 아무리 열심히 한다 해도 합격까지는 역부족이었다. 그렇다고 포기할 수도 없었다. 착실히 준비해온 과정도 없이 맞은 남은 3개월의 수험생활에 불안하기도 했지만 왠지 잘 될 것 같은 믿음에 나는 사로잡혔다.

그즈음 특이한 꿈을 자주 꿨는데, 이를 찾아보면 하나같이 '소원 성취하는 꿈'이라고 했다. 실낱같은 희망이라도 좋았다. 나는 오직 그 좋은 꿈에 매달려 잡생각 없이 공부에만 전념했고, 바로 2차 면접 준비까지 이어갔다. 결과는 1차 탈락이었지만 있는 힘껏 노력한 지난 3~4개월의 시간이 있었기에 재도전할 마음을 낼 수 있었다. 그때의 노력이 밑거름이 되어 수험생활 2년 차 때는 버퍼링 없이 공부에 올인할 수 있었다.

성공은 내가 진정으로 원하는 것에 올인할 수 있을 때 찾아온다. 내 영혼은 내가 지금보다 더 온전하고, 완전해지기를 바라며 때가 됐을 때 그 방법과 길을 알려준다. 그 영혼의 속삭임은 때로는 터무니없고, 현실과 동떨어져 불가능해 보이기도 한다. 그래서 그저 흘려버리기 쉽다.

그럼에도 내 영혼의 속삭임에 귀 기울이고, 진정으로 원하는 것에 올인하기를 망설이지 마라. 성공은 선불로 시작하지만 후불로 끝난다. 진정으로 원한다면 가질 수 있다. 그것을 명심하고, 원하는 것에 올인하라.

한 권의 책,
하나의 문장

"남의 책을 많이 읽어라.
남이 고생해서 얻은 지식을 아주 쉽게 내 것으로 만들 수 있고
그것으로 자기 발전을 이룰 수 있다"

– 소크라테스(Socrates)

어렸을 때 도서관은 내 놀이터였다. 책이 좋아서 어린이 서고에 있는 책을 다 읽고 말겠다는 말도 안 되는 욕심을 부리기도 했다. 길게 늘어서 있는 서가에 빼곡하게 꽂힌 책들을 한 권, 한 권씩 꺼내들어 스윽 훑어본다. 책의 내용을 추측해가며 몇 자 읽다 보면, 이 책을 선택할지 말지 답이 나온다.

이번 주 빌릴 책을 선택하는 시간은 정작 그 책을 읽는 시간보다 더 설레고 행복하다. 양손 가득 책을 안고 사서언니에게 가서 내밀면 바코드를 찍어준다. 나는 왠지 모를 뿌듯함을 느끼면서 구석 자리에 앉아 빌린 책 중 한 권을 실컷 읽다, 해가 지면 집에 갔다. 주말

에는 시청각실에서 틀어주는 영화를 보고, 도서관 뒤편에 있던 커다란 트램펄린에서 친구들과 실컷 뛰고 구르며 놀기도 했다. 책은 내게 친구이자 힘이고 위로였다.

독서가 인생에서 중요하다는 사실은 누구나 인정할 것이다. 책을 통해 유용한 지식과 정보를 얻는 것은 자기계발과 성장하는 삶을 위해서도 두말할 나위 없이 중요하다. 독서란 한 권의 책을 통해 작가의 전 생애를 만나기도 하는 경이로운 일이다. 사실 누군가의 인생에 강력한 영향력을 미치기 위해서 많은 책이 필요하지는 않다. 단 한 권의 책으로도 충분하다.

그 사실을 몰랐던 나는 책에 대한 갈증과 조바심이 컸다. 대학에 들어가면서는 전공 공부하랴, 3교대 근무하랴 바빠서 독서와는 연을 끊다시피 했다. 30대 중반이 넘어서야 다시 책을 잡고 보니 갑자기 불안한 마음이 들었다. 책을 읽고 있어도 다음 읽어야 하는 책을 생각하고, 어린 시절 못 이룬 꿈(어린이 서고에 있는 책을 모두 읽겠다는 꿈 말이다)을 다시 이루는 망상을 하기도 했다. 그러다 내가 즐겨 읽던 《명상록》에서 또 한 번 머리를 내리치는 문장을 만났다.

"죽는 순간까지도 불평하는 사람이 되기를 원하지 않고,
진정으로 즐거워서 신들에게 진심으로 감사하는 마음으로 죽고 싶다면,
책에 대한 갈망을 버려라."

책에 대한 갈망을 버리라니. 그렇게 강한 여운을 남기고 문장이 끝났다. 그 여운이 내게 전한 말은 이랬다. 갈망한다는 것은 간절하게 바란다는 것이고, 책에 대한 욕심은 밑 빠진 독을 채우는 것처럼 끝이 없다. 그러니 책에 대한 강한 욕망은 끝끝내 채울 수 없는 것이고, 그것은 만족과 감사를 모르는 삶으로 이어질 수 있다는 것이다.

책을 좋아했고, 또 삶의 지혜와 답을 찾을 수 있는 중요한 탈출구로 여겼던 내게 그야말로 '아차!' 싶은 순간이었다. 이렇게 책 자체에 몰두하고, 책 자체를 탐하다가 현재에 만족하지 못하고, 감사할 줄 모르는 삶에 늪처럼 빠져들지도 모른다는 두려움이 들었다. 무조건 많이 읽는 것이 정답은 아니었다. 그리고 그즈음, 우연히 눈에 띈 문구들은 이러한 생각을 더욱 굳혔다.

> "인간은 자신이 뇌 속에 집어넣은 것에 대해 스스로 책임질 줄 알아야 한다. 성숙한 인격체로 누구를 아끼며 무엇을 알아야 하는가에 대해 스스로 책임져야 한다."

미국의 천문학자 칼 세이건(Carl Edward Sagan)이 그의 저서《코스모스》에 남긴 말이다. 방대한 분량과 쉽게 읽어내기 어려운 내용 탓에 완독이 어려운 책이지만, 내게 꼭 필요한 문구만큼은 단번에 눈에 띄니 신기한 일이다. 칼 세이건은 이처럼 책임지는 행위로써 자기 자신을 스스로 변화시킬 수 있다고 했다.

책임진다는 것의 의미는 무엇일까. 《사랑의 기술》에서 에리히 프롬은 '책임'에 대해 이렇게 말한다.

> "책임은 전적으로 자발적인 행위이다.
>
> 책임은 다른 인간 존재의 요구에 대한 나의 반응이다.
>
> '책임을 진다는 것'은 '응답'할 수 있고 또 '그럴 준비가 되어 있다'는 것을 의미한다."

내가 읽은 것들에 대해 책임질 수 있어야 하고, 그 책임은 읽음으로써 발생한 나의 요구에 대해 스스로 응답할 수 있어야 하는 것이었다. 이쯤 되니 읽는다는 것의 무게가 이전보다 조금 무겁게 느껴졌다. '독서'라는 행위를 너무 진지하게 받아들이는 것 아니냐는 스스로의 질책은 차치하고서라도 확실히 책에 대한 갈망이 줄어들기는 했다.

나를 성장하고 변화할 수 있게 도와준 것이 바로 책이기 때문에 나는 누구보다 독서를 권장하고, 추천하며 이를 인생에서 중요한 부분으로 생각한다. 하지만 아무리 몸에 좋은 음식도 맞지 않는 체질이 있고, 오래 먹으면 독이 쌓이듯, 무분별하게 과열된 독서 의식 역시 경계해야 할 것이다.

나에게 책은 소중하고, 독서는 꽤 의미 있다. 그래서 우리 아이들도 나름의 방법으로 책으로 가는 길을 찾기를 바라는 마음이 간절하다. 이 좋은 것의 가치를 알고, 자신들 인생에 들여놓게 하려면 내가

무엇을 더 해야 할까…. 늘 고민하게 된다.

내 삶의 목적을 치열하게 고민하던 때가 있었다. 그때 어떤 것에서도 명쾌한 답을 찾지 못한 나를 잡아준 한 권의 책은 빅터 프랭클(Viktor Emil Frankl)의 《죽음의 수용소에서》다. 아우슈비츠 수용소에서 살아남은 유대인계 정신과 의사 빅터 프랭클은 자신의 개인적 경험을 바탕으로, 삶의 의미에 대한 메시지를 전한다.

저자의 말에 의하면 내 인생 통째를 걸어 '무엇을 위해 산다'라는 추상적인 답을 찾아서는 안 되고 찾을 수도 없다고 한다. 삶의 의미는 사람에 따라 시간과 환경에 따라 매번 새롭게 결정되고, 그러한 것들이 모여 우리의 삶이 되는 것이었다. 그러니 당시의 나는 어린 아이들을 잘 양육하는 것을 내 삶의 목표로 삼으면 됐다. 나는 내내 표류하던 고민을 집어던지고, 순간에 집중하기로 했다. 아니 그래도 된다는 것을 깨달았다. 그 순간들이 모여 내 삶이 완성되는 것이니 말이다.

나를 희망과 도전으로 이끌어준 것도 '한 권의 책, 하나의 문장'이다. 150여 년 전 프랑스의 목회자 샤를 바그네르(Charles Wagner)의 저서 《단순하게, 산다》에서 그는 희망에 대해 이야기한다.

"채권자가 변제 능력이 없는 채무자를 대하듯이 세상을 대해서는 안 된다."

"순진하기 이를 데 없는 희망이더라도 가장 합리적인 절망보다 진실에 더 가깝다."

한참을 곱씹으며 뜻을 헤아려 봤다. 그러니까 내가 임용고시에 합격할 것이라는 희망이 아무리 순진한 것일지라도 불합격할 것이라는 절망보다는 진실에 더 가깝다는 것이다. 누군가의 눈에는 무모한 도전, 시간 낭비일 뿐일지라도 나는 진실에 조금 더 가까운 쪽에 베팅하는 것이었다. 그 한 문장이 내내 가슴에 남아 나를 도전으로 이끌었다.

저자는 세상을 떠났지만 그의 책이 세상에 남아 다음 생을 살아가는 누군가에게 희망이 되고, 인생의 발판이 되어줄 수 있다는 사실이 새삼 놀라웠다. 한 권의 책, 하나의 문장일지라도 그것이 내 영혼에 울림을 준다면, 그것을 믿고 따라가 본다면, 내 인생을 바꾸기에 충분하다.

꾸준한 습관의 힘,
66챌린지부터 시작하라

한 권의 책, 하나의 문장에서 강력한 동기부여를 받았다면 다음은 행동으로 옮길 차례다. 하지만 당장 무엇을 어떻게 시작해야 할지 몰랐고, 무엇보다 시급한 문제는 자신감과 자기 확신의 부족이었다. '과연 내가 잘 할 수 있을까? 평범한 워킹맘으로만 살아왔는데 지금보다 젊고 똑똑했던 시절에도 이루지 못했던 것을 이제 와서 이룰 수 있을까?' 이런 불신과 의문은 희망과 기대보다 더 자주 나타났다.

크고 작은 도전 앞에서 무엇보다 필요한 것은 '자기 신뢰'다. 이미 많이 알려져 있는 66챌린지는 행동을 습관화하고, 변화를 일으켜 자신감을 찾는 데 66일, 약 9주의 시간이 필요하다는 연구결과를 습관 형성에 적용한 도구다.

66일 습관 달력 사용법을 알고는 '하고 싶다'는 마음이 '할 수 있다'는 마음으로 한 걸음 더 나아갔다. 나는 남편과 아이들에게 선언했다. "나 오늘부터 66챌린지 시작할 거야!" 기대와 설렘으로 가득한 이 도전은 성공률 100%여야만 했다. 원하는 행동을 습관으로 만

듦에 앞서, 내게는 성공 그 자체가 필요했기 때문이다. 나는 혹시 모를 실패에 대비해 4가지 챌린지를 동시에 시작했다.

행동의 난도는 상, 중, 하로 나누어 다음과 같이 정했다.

1. 자고 일어난 뒤 이불 개기
2. 모닝 스트레칭
3. 양치질 후 차 마시기
4. 새벽 명상

행동 목록은 팀 페리스(Tim Ferriss)의 《타이탄의 도구들》을 참고했다. '자고 일어난 뒤 이불 개기'는 아침에 눈 뜨자마자 할 수 있는 행동이므로 난도 '하'이다. 가장 난도가 높은 것은 '명상'이다. 10~15분 정도의 시간을 할애해야 하는데 늦잠을 잘 수도 있고, 육아로 여러 가지 변수가 생길 수 있는 엄마의 출근 전 10~15분은 굉장히 큰 시간이기 때문이다. 1번과 2번은 성공하기 위해 세팅한 항목이고, 3번과 4번은 어렵지만 습관으로 만들고 싶은 항목이었다. 도전 결과는 다음과 같았다.

- **도전 10일 차** : 매일 모든 항목을 성공한다. 나만의 의미 있는 도전으로 매일을 알차게 보내는 것이 뿌듯하고 즐겁다.

- **도전 20~30일 차** : 도전 20일이 지났을 즈음, 늦잠을 잤다. 변수가

생긴 것이다. 결국 새벽 명상을 실패하고, 퇴근 후 집에 돌아와 저녁 명상으로 대체했다. 66챌린지는 실패했지만 명상만큼은 습관으로 만들고 싶었기 때문이다. 조금 여유로워진 마음 탓에 66일이 지날 때까지 새벽 명상을 못한 날은 5~6일 정도 됐고, 그런 날에는 저녁 명상으로 하루를 마무리했다. 나머지 미션들은 성공하고 있으나 지겨워지기 시작했다.

- **도전 40~50일 차** : 66챌린지를 이미 성공한 것 같은 마음이 든다. 매일 아침 정해진 행동을 해야 하는데 이것이 예전과 다르게 의미 없이 느껴진다. 내가 원하는 행동을 습관으로 만들었다는 착각이 든다. 해이해진 마음으로 미션을 이어나가다 세 번째 미션을 실패했다. 양치 후 차 마시기에서 보이차를 직접 우려 마시다 보니 명상 다음으로 시간 소모가 컸는데, 역시나 40일이 지났을 즈음 실패하고 말았다. 정신이 번쩍 들었다. 남은 건 1번 이불 개기와 2번 모닝 스트레칭이다.

- **도전 51~60일 차** : 3번과 4번 미션은 실패했지만 계속 이어나가고 있다. 1번과 2번은 무슨 일이 있어도 성공하겠다는 다짐으로 꾸준히 미션을 실천하지만 하루하루가 더디기만 하다.

- **도전 66일 차** : 드디어 마지막 날이다! 나는 2개의 66챌린지를 성공했다.

작은 성공이라고 해서 성취감마저 작지는 않았다. 할 수 있다는 자신감은 아주 작은 것에서부터 출발한다는 것을 알게 됐다. '내가 할 수 있을까?'라는 물음에 답을 찾고자 스스로를 시험대에 올리고, 절박한 심정으로 임했던 66일간의 챌린지가 끝났다. 그리고 나는 작지만 반짝이는 내 자신감을 봤다. 멀기만 하던 희망이 한 걸음 더 가까워지며 선명하게 보였다.

최근에는 아침 산책과 감사일기 쓰기로 100일 챌린지를 했다. 66일은 습관화되는 데 필요한 시간이고, 90일 혹은 100일은 잠재의식에 새기기 위해 필요한 시간이라고 한다. 매일 아침 산책을 하면서 여유를 만끽하고, 뜨는 해를 보며 하루를 시작하는 것이 좋았다.

100일 동안 10가지씩 감사한 일을 기록하면서 평범한 내 일상이 매일, 매 순간 기적이라 느껴졌다. 감사를 통해 행복을 느끼는 것은 다름 아닌 나 자신이다. 감사는 남이 아닌 나를 위해 꼭 필요한 것이다.

엄마가 66챌린지를 하면 아이들에게 좋은 본보기가 될 수 있어 일석이조였다. 처음 한두 번은 그러려니 하고 생각하지만 네 번, 다섯 번 도전하는 부모의 모습을 보면 아이들도 관심을 가지며 부모가 좋은 습관 들이기를 권유했을 때 거부감 없이 받아들인다. 엄마, 아빠와 함께한다는 생각에 재미있어 한다.

우리 아이들은 아침 이불 개기, 하루 한 권 책 읽고 독후감 쓰기로 100일 챌린지를 했다. 그러고 나니 어느 순간에는 "엄마, 우리 다음

챌린지는 어떤 걸로 할까?"라고 먼저 제안하기도 했다. 아이들이 부모에게 배울 수 있는 여러 가치 중에 '꾸준함'을 더해가는 모습을 보는 것은 나 자신의 성공보다 더 뿌듯한 일이다.

> "세 번은 질리고 다섯 번은 하기 싫고 일곱 번은 짜증이 나는데 아홉 번째는 재가 잡힌다. 보잘 것 없이 보이는 1인치 전진을 위하여 오늘 외롭게 최선을 다하는 힘이 바로 성공의 원동력이다. 당신의 삶을 이 거친 세상에서 우뚝 홀로 세울 수 있도록 시간을 소중히 여기고 피 튀기듯 노력하라!"
>
> – 세이노, 《세이노의 가르침》 중

이처럼 한 가지 행동을 꾸준히 한다는 것은 쉽지 않다. 질리고, 하기 싫고, 짜증이 나는 그 모든 과정을 거치고 나서야 습관으로 자리 잡는다. 66챌린지를 통해 '할 수 있을까?'라는 의문이 '할 수 있다'라는 확신으로 바뀌었다. 목표를 이루는 데에는 끝까지, 헌신하며 나아갈 수 있는 끈기와 인내가 무엇보다 필요하다. 이것은 분명 하기 싫은 순간에도 묵묵히 해나가는 힘을 길러주는 도구다. 그러니 먼저 66챌린지부터 시작해보자.

단순하게,
시작하라

뉴턴의 운동법칙 중 제1법칙. 관성의 법칙을 모르는 사람은 없을 것이다. 관성이란 물체에 외부의 힘이 작용하지 않는 이상, 현재의 상태를 계속 유지하려는 성질을 말한다. 그러므로 관성이 큰 물체는 운동 상태가 잘 바뀌지 않는다.

관성의 법칙은 물리학적인 측면 이상으로 우리와 밀접한 관계가 있다. 우리의 습관이나 말버릇, 행동, 사고방식 등이 바뀌기 힘든 이유도 관성의 법칙으로 설명할 수 있다. 나는 매번 변화 앞에 두렵고 피하고 싶은 저항감이 생긴다. 누구나 가질 수 있는 마음이지만 이런 내 감정이 나는 참 불편하다. '이왕 할 거 좀 더 편안하게 하면 좋잖아…' 싶다. 변화와 도전을 두려워하지 않기로 다짐하면서도 두려움이 항상 한 발 앞선다.

이렇게 도전이 힘들고, 변화와 시작 앞에서 움츠러들 때 나는 스스로에게 주문을 건다.

'그냥 해. 한번 해봐. 괜찮아. 안 죽어.'

어떻게 해야 이룰 수 있는지, 어떤 방법이 최선인지 지금 당장 몰라도 괜찮다. 가고 싶은 곳이 있다면 일단 차에 타서 시동을 걸고 내비게이션을 켜야 한다. '전방 200m 앞에서 우회전'만 알아도 괜찮다. 무수히 많은 우회전, 좌회전을 거쳐 나는 원하는 목적지에 도착할 것이다.

살을 빼고 싶다면 지금 당장 운동화를 신고, 밖으로 나가 뛰어야 한다. 수많은 다이어트 방법을 섭렵해 자신에게 가장 적합한 방법을 찾고 그에 맞는 식단을 짜고, 운동요법을 병행하며 체계적인 관리 아래 요요 없는 다이어트를 하는 것은 집 앞을 산책하거나 달리는 등 매일의 작은 노력과 함께 해야 한다. 그래야만 처음의 그 열정이 식지 않는다.

목표를 이룰 수 있는 방법을 처음부터 끝까지 완벽하게 파악하고, 어떤 것이 가장 좋을지 고민하다 보면 지금의 나로서는 도저히 할 수 없는 일이라는 결론이 나온다. 안 되는 이유들이 두더지 게임하듯 여기저기에서 튀어 오른다.

실상 작은 것부터 하나씩 이루어내다 보면, 계단을 오르듯 오늘의 나는 어제의 나와 다르고, 내일의 나는 오늘의 나와 다를 것인데 처음에는 이를 감히 상상하기 힘들다. 도전을 시작할 때는 현재의 불가능과 미래의 가능이 공존한다. 그렇기에 현재의 불가능에 얽매여서도 안 되고, 아직 오지 않은 미래의 가능만을 좇아서도 안 된다. 지금 내가 할 수 있는 아주 작은 것부터 시작해야 한다.

노자의 '위무위(爲無爲)'는 무위를 행함, 즉 하지 않음의 행위로 번역할 수 있지만 실제는 행함이 없이 이루어지게 한다. 즉 자신의 영혼과 마음이 일치된 상태에서 크게 애쓰지 않고, 행함으로써 이루어지게 한다는 의미를 가지고 있다. '애쓰지 않음'으로 행하려면 어떻게 해야 할까?

러시아의 양자물리학자 바딤 젤란드(Vadim Zeland)의 시크릿 노트 《리얼리티 트랜서핑》은 펜듈럼, 잉여포텐셜(Excess Potential), 가능태 등 다소 생소한 용어들을 제시하는데 그중에서도 잉여포텐셜은 '위무위(爲無爲)'와 관련이 있다. 잉여포텐셜이란 어떠한 대상에 지나치게 많은(실제 가치보다 큰) 중요성을 부여할 경우 발생하는 에너지를 말한다.

자연 속의 모든 것은 균형을 이루고자 하므로 우리가 너무 많이 쏟은 에너지, 즉 잉여포텐셜이 생기면 그것을 없애고자 균형력이 발생하고 이것은 우리의 영향력을 낮추는 쪽으로 이루어진다고 한다. 에너지의 흐름으로 봐서 그것이 더 쉽다는 것이다. 건강을 잃게 하고, 직장을 잃고, 월급이 감봉되는 식으로 말이다. 그래서 간절히 바라면 이루어지지 않는다고 한 것일까? 여기서 저자는 '중요성'의 개념을 아주 중요하게 다루고 있다. 원하는 것이 있다면 그것의 중요성

을 낮추라고 한다. 그리고 그저 행동하라고 한다.

이는 노자의 '애쓰지 않고 행함'과 일맥상통한다. 애쓰지 않고 중요성을 낮추려면 물론 나의 마음 씀이 중요하기는 하다. 하지만 시간, 돈, 에너지 등 이미 많은 것들을 투자하며 내가 원하는 것을 이루고자 하는데 어찌 애쓰지 않을 수 있고, 중요하게 생각하지 않을 수 있단 말인가! 자신의 상황과 맞지 않게 극단적으로 긍정적으로 생각하며 '실패해도 괜찮아, 이 일은 내게 크게 중요하지 않아' 하고 생각한다면 그것은 도리어 회피이지 않은가!

애쓰지 않고 중요성을 낮추는 방법은 지금 내가 할 수 있는 가장 쉽고 단순한 것을 그저 하는 것이다. 원함이 없이 그저 행하다 보면 크든 작든 결과 값이 나온다. 아침마다 달리기를 했더니 일주일 뒤 1kg이 빠지는 식으로 말이다.

그렇게 되면 피트니스센터에 직접 가서 운동을 해야겠다는 적극적인 마음이 생긴다. 다이어트를 위해 돈과 시간을 투자하는 것에 고민과 애씀이 줄어든다. '괜히 등록했다가 돈 낭비, 시간 낭비 하는 거 아니야?' 하는 걱정도 덜어진다. 나는 이미 작은 성취를 통해 나 자신에게 할 수 있다는 믿음을 줬기 때문이다. 눈덩이를 굴리듯 아주 작은 것부터 시작해서 그것을 이루어감으로써 내가 나를 믿을 수 있게 해줘야 한다. 처음부터 커다란 눈사람을 만들 수 있는 사람은 없다. 아무런 행동도 노력도 없이 해낼 수 있다고 자신하는 사람은 오히려 위험하다.

임용고시에 도전하겠다고 결심하고 내가 가장 먼저 한 것은 잘나가는 강사를 찾고, 강의를 선택하는 대신 최근 3개년 기출문제를 찾아서 눈에 익히고, 풀어보는 것이었다. 기출문제를 출력한 A4용지 한 장을 작게 접어서 주머니에 넣고 다니며 틈날 때마다 보고, 다 보면 다른 문제를 봤다. 그리고 책장에 꽂아뒀던 전공서적들을 꺼내 다시 읽어 봤다. 아무것도 아닌 것처럼 보이는 작은 행동도 정성을 다해서 하면 나만의 자신감이 된다. 아무도 모르지만 나는 알기 때문이다.

그러고는 틈틈이 한국사 공부를 하고 자격증을 땄다. 3개년 기출문제는 익숙해졌고 정답도 바로 떠올랐다. 그쯤 되니 좋은 강의를 알아보고, 돈과 시간을 투자한다는 것에 저항감이 줄어들었다. 그제야 나는 강의를 수강하고, 교재를 구입해서 공부를 시작했다.

하나하나씩 작은 성공을 경험해가며 자신에 대한 믿음과 신뢰를 쌓아가는 것은 내 꿈의 길을 묵묵히 걸어가는 데 중요한 요소다. 그것들이 '할 수 있다'는 확신을 주고, 그 확신이 성공에 필요한 만큼 또는 그 이상의 노력을 할 수 있는 힘과 에너지를 주기 때문이다.

인생에서 가장 중요한 것은 이미 지나간 어제도, 아직 오지 않은 내일도 아니다. 어제 내가 무엇을 했든 하지 않았든 그것은 이제 중요하지 않다. 내일 내가 무엇을 할지도 아직 중요하지 않다. 오직 지

금 이 순간 내가 무엇을 하고 있는지가 인생에서 가장 중요하다. 이루고 싶은 꿈이 있다면 지금 당장 할 수 있는 가장 단순한 일부터 시작해보자. 목표에 이를 수 있는지 없는지는 그 일을 하면서 생각해도 늦지 않다.

시간을
압축하라

시간을 압축한다는 것은 평소라면 3시간 걸릴 일을 1시간 안에 끝내는 것이고, 1시간 걸릴 일은 10분 안에 끝내는 것이다. 그러기 위해서는 하고 있는 일에 집중해야 한다. 동선을 최소화하고 쓸데없는 행동은 없애야 한다. 시간을 압축하려면 공간 정리가 우선이다. 우리의 생각은 환경에 영향을 주고, 환경은 우리의 생각에 영향을 준다. 원하는 것을 이루기 위해서 머릿속은 명확한 하나의 목표를 향해 있어야 하며, 그것은 내 공간을 단순화하는 것으로 표현된다. 또 단순한 공간은 목표에 온전히 집중할 수 있게 한다.

"꼭 있어야 할 것이 제자리에 있는 것이 우리 집의 풍경이다. 잡다한 것들로 채워지는 순간 선택할 것이 많아져 우왕좌왕 시간과 열정을 허투루 쓸 확률도 높아진다."

- 손웅정, 《모든 것은 기본에서 시작한다》 중

꿈을 이루고자 하는 엄마에게 1순위로 미니멀리즘을 권한다. 앞서 이야기했듯 지금 맥시멀리스트여도 괜찮다. 처음부터 미니멀리스트인 사람은 많지 않다. 맥시멀리스트에서 미니멀리스트의 수순을 밟는 것이 보통이다. 나 역시 그랬다. 집 안에 자질구레한 물건들이 넘쳐나고, 언젠가는 필요할 것 같아 고이 모셔둔 살림살이들은 쌓이는 물건들에 가려져 있는지조차 모를 지경이 됐다. 그나마 큰마음 먹고 버릴 물건들을 추려내면 남편의 스캔 한 번에 제자리로 돌아오곤 했다(남편은 버리지 못하는 성격이라 내가 버린 물건을 꼭 다시 들고 집에 들어온다).

그러나 미니멀리즘도 한 번에 하려고 하면 부작용이 생긴다. 급하게 버리고 정리하면 나중에 후회할 일이 생기고 이내 포기하게 된다. 버리는 것도 요령이 있다. 하루에 2~3개씩 개수를 정해서 버리거나 버리는 물건 박스를 정해서 버릴 것들을 모아두고, 몇 개월간 버리지 않고 두는 것이다. 나는 1년이나 그 물건들을 보관하고 있었다. 그래서 1년 뒤에 모두 처분할 때는 미련 없이 정리할 수 있었다. 1년 동안 한 번도 찾지 않았고, 필요하지 않은 물건이었기 때문에 나중에라도 필요할 일이 생기면 그때는 그냥 사는 것이 낫다는 확신이 들었기 때문이다.

미니멀리즘을 추구하며 공간을 정리해가고 있다면 시간 압축을 도울 수 있는 강력하고 날이 선 환경을 구축한 것이다. 그렇다면 다음으로 무엇을 해야 할까? 바로 명확한 목표설정이다. 장기목표에 따른 단기목표와 그 목표를 이루기 위한 오늘의 '해야 할 일' 목록이 있을 것이다. 그것을 명확히 해야 하고, 그에 따라 업무를 처리해야 한다.

아이젠하워의 매트릭스는 4가지 카테고리로 일의 우선순위를 설정하는 도구다. 이 4가지 카테고리는 중요성과 긴급성에 따라 다음과 같이 나뉜다.

1순위는 긴급하고 중요한 일, 2순위는 중요하지만 긴급하지 않은 일, 3순위는 긴급하지만 중요하지 않은 일, 4순위는 긴급하지도 중요하지도 않은 일이다. 일의 우선순위는 1순위가 가장 높지만 꿈을 이루고자 한다면 2순위에 집중해야 한다. 이곳이 바로 '인생의 승부처'다.

하루의 시작은 2순위 일을 처리하는 것으로 한다. 1~2시간 정도 출근 전이나 아이들 등원 전 내 시간을 확보해야 한다. 1순위도 중요하지만 긴급한 일들은 최소한으로 해야 한다. 아이와 관련된 일들은 양보가 힘들기 때문에 1순위에 가장 오랫동안 남는다. 그러니 남편이나 주변 가족들에게 양해를 구하고 도움을 받아야 한다.

나는 매일 아침잠을 줄이고 출근시간보다 2시간 일찍 집을 나서 도서관에 갔다(일찍 일어나는 대신 일찍 잠자리에 들었다). 쉽지는 않았지만 막상 도서관 학습실에 들어서면 또 다른 에너지와 기운을 받으며, '역시 오기를 잘했어'라는 생각이 스쳤다.

아침의 맑은 기운과 이 시간에 책상머리에 앉은 여러 사람들의 열정이 더해져, 크게 애쓰거나 힘을 들이지 않아도 시간 가는 줄 모르고 그날의 공부에 집중하게 됐다. 오늘의 할 일 중 가장 중요한 일을 성공적으로 완료하고 출근할 때면, 100% 충전된 자신감으로 힘이 솟았다.

시간을 압축할 수 있는 키워드는 바로 '몰입'이다. 공간을 단순화하고, 목표를 명확히 설정해 몰입의 태세를 갖춰야 한다. 몰입은 격렬한 정신활동이 일어나는 상태다. 겉으로는 아무런 움직임이 없어 보이지만, 정신활동은 어느 때보다 깊고 활발하다. 그래서 체력이 많이 소모된다. 하고자 하는 일에 몰입해서 성과를 내고자 한다면 반드시 체력이 뒷받침되어야 한다. 체력을 유지하는 비결은 적절한 잠과 운동 그리고 좋은 식습관이다.

우선 내게 필요한 적정 수면시간을 찾아 꼭 그 시간만큼은 자야 한다. 나는 여러 번의 실험 끝에 6시간 30분 정도는 자야겠다는 결론을 냈다. 1시간 30분 가량의 수면 사이클을 고려해 4번의 수면 사이클을 거치고 30분정도는 잠에서 깨어나는 여유시간으로 잡았다. 어떤 것의 상태가 변할 때는 그 변화에 필요한 시간이 있다고 한다. 밤에서 낮으로의 변화, 무의식에서 의식 상태로의 변화 과정에 적응하도록 나에게 20~30분 정도의 시간을 허락했다.

여러 과학적인 근거를 들지 않더라도 잠은 우리에게 매우 중요하다. '잠이 보약이다'라는 말은 정말이다. 잠을 충분히 자지 않으면 우울감과 싫증, 무기력 등 권태로운 감정들이 찾아온다. 열정과 최선을 다하고, 후회 없는 삶을 살고 싶은 이에게 이런 감정들은 많은 의미를 앗아간다. 좋은 잠 없이는 원하는 미래로 나를 데려갈 수 없다.

> 네가 이루고 싶은 게 있다면 체력을 먼저 길러라.
> 네가 종종 후반에 무너지는 이유,
> 데미지를 입은 후에 회복이 더딘 이유,
> 실수한 후 복구가 더딘 이유 다 체력의 한계 때문이야.
> 체력이 약하면 빨리 편안함을 찾게 되고,
> 그러면 인내심이 떨어지고,
> 그리고 그 피로감을 견디지 못하면 승부 따위는 상관없는 지경에 이르지.
> 이기고 싶다면 네 고민을 충분히 견뎌줄 몸을 먼저 만들어.
> 정신력은 체력의 보호 없이는 구호밖에 안 돼.
>
> – 드라마 〈미생〉 중

몰입 상태를 유지하기 위해서는 체력이 뒷받침되어야 하고, 그래서 운동이 필요하다. 많은 시간을 할애하지 않더라도 꾸준하고 적절한 강도의 운동을 해야 한다. 나는 매일 아침 10~20분간 스트레칭을 하고 줄넘기를 1,000개씩 했다. 모닝 스트레칭으로 자는 동안 굳어 있던 근육들을 풀어주면 시원해서 좋기도 하지만, 체온을 올리고 교감신경계를 활성화시켜 이부자리에서 쉽게 나올 수 있다는 장점도 있다.

식사는 단백질과 신선한 채소, 적당한 탄수화물 위주의 식단을 유지하고, 소화하기 힘들거나 너무 짜거나 기름진 음식들은 피한다. 과식을 피하고 '복팔분(腹八分)', 즉 조금 부족한 듯 80%만 채운다. 미즈노 남보쿠(水野南北)의 《절제의 성공학》에서는 모든 성공은 스스로 절제함으로써 완성된다고 한다. 특히 그는 음식을 절제하고 검소하게 생활할 것을 권하며 "음식은 몸 안을 꾸미는 재료로 그 성질이 '음(陰)'이다. 음은 조용하고 화려하지 않은 성질을 갖고 있으므로 정갈하게 먹고 소식해야 한다"라고 말한다. 사실 한 번에 배불리 먹으면 식곤증이 몰려와 공부에 집중하기도 힘들지 않은가? '내가 먹은 음식이 곧 내가 된다'라는 말이 있듯이 정갈한 음식으로 소식하며 나를 만들어감이 생각과 집중의 강도가 높은 몰입상태를 유지하는 데도 도움이 된다.

원하는 것을 이루기 위해 우리는 시간을 압축하고 늘려야 한다. 하나의 목표 외에 다른 부수적인 것들은 제외하고 단순화해야 한다. 높은 집중력을 유지하며, 하나의 생각에 몰입할 때 원하는 것을 이루어낼 수 있다.

지금 시작하는 힘 3가지

고대 그리스의 사상가 아리스토텔레스(Aristotle)는 논리, 수사, 정치, 물리, 형이상학 등 다양한 주제로 책을 저술하며 이름을 떨친 철학가이자 박식가다. 당시 사람들은 어떻게 하면 아리스토텔레스처럼 박식해질 수 있는지 그에게 비결을 물었고, 이때 그가 한 대답이 바로 '시작이 반입니다'다. 대부분의 사람들에게 시작은 두렵고 어려운 선택이다. 대부분은 스스로 능력의 한계를 짓고, 더 큰 꿈을 꾸지 않는다.

주변의 부정적인 피드백과 실패의 두려움은 시작하려는 용기를 단숨에 짓누른다. 아리스토텔레스 역시 스스로 그러함을 인정한다. 그에게도 어느 것 하나 쉬운 것이 없었고, 포기하고 싶은 순간도 있었지만, 그럼에도 포기하지 않고 노력하다 보니 많은 것을 할 수 있게 됐다고 말했다. 그러면서 원하는 것이 있다면 지금 바로 시작하라고 한다.

지금 시작한다는 것은 그것을 선택하겠다는 결단이며 의지다. 노력에 노력을 더해, 인내하며 반복하고 그것을 끝까지 이루겠다는 약속이다. 무시무시한 불확실성 속에 나의 미래를 내던지는 용기 있는 행동이다. 때로는 그 용기가 무모해 보이기까지 한다. 생각해보건대 시작이 어려운 이유는 노력하는 과정에서의 고통과 결과의 불확실성에 내 미래를 맡기고 싶지 않아서다.

평범한 인생 드라마를 써 오는 과정도 녹록지 않았다. 나름대로 노력했고, 때로는 버티다시피 살아 삶의 절반 정도에 다다른 것 같은데, 지금에 와서까지 힘듦을 겪어내고 싶지 않다. 여태 쌓아온 것들을 지키고, 내 삶을 즐기며 사는 것은 바람직해 마지않은 일이다.

〈스터츠 : 마음을 다스리는 마스터〉는 헐리우드 배우 조나 힐(Jonah Hill)이 연출하고, 그가 오랜 기간 심리상담을 받아온 정신과 의사 필 스터츠(Phil Stutz)가 출연하는 넷플릭스 다큐멘터리다. 이 다큐멘터리에서는 마음과 영성을 종교나 신비주의적 관점에서 바라보는 것이 아니라, 일상에서 매일 마주치는 삶의 크고 작은 이슈들 속에서 자신의 중심을 지키며 영격을 올릴 수 있는 방법들을 안내하고 있다.

여기서 가장 큰 영감을 얻은 부분은 '삶에서 확실한 것 3가지'인데 그것은 ① 고통, ② 불확실성, ③ 끊임없는 노력이다. 우리는 종종 '이 문제만 해결되면' 혹은 '이것만 성공하면' 마냥 행복하고, 그 상태가 영원히 유지될 것 같은 착각에 빠질 때가 있다. 성공이 행복을 보장해주지 않는다는 것을 알면서도 말이다. 그런데 스터츠 박사는 고통과 불확실성은 내 삶의 필수요건이고, 우리는 그 속에서 끊임없는 노력을 하면서 살아내야 한다고 말한다.

우리가 이런저런 이유로 더 이상 도전하지 않고, 최대한 안전한 길을 선택한다 하더라도 삶은 여전히 고통과 불확실성 안에서 펼쳐지고, 여전히 노력하며 살아야 한다. 그러니 고통과 불확실성, 끊임없는 노력은 도전하는 삶의 요소가 아닌 그저 삶의 본질인 것이다. 그리고 이 사실은 내게 깊은 울림을 줬다.

이 행복하고 감사한 내 삶을 '고통'이라고 표현한 것이 비관적으로 보일지 몰라도 사실 그렇지 않다. 불교에서는 인생을 '고해(苦海)' 즉 괴로움의 바다라고 한다. 우리는 그 속에 살고 있으므로 삶이 괴로움이라는 것 자체를 알지 못한다. 그래서 나에게 일어나는 문제를 가혹하다 원망하며, 그것을 끌어안고 불지옥으로 뛰어들기도 한다.

하지만 사실 인생은 문제의 연속이고, 이 문제와 어려움을 해결해가는 과정에서 성장하는 것이다. '원래 사는 것은 힘들다.' 이 사실을 순순히 인정하고 받아들이면 삶 속에서 일어나는 문제들을 대하고 해결하는 방법들이 달라진다. 문제를 내 삶의 일부로 받아들이고, 문제 자체에 집중하기보다 문제를 해결하기 위한 과정에 집중함으로써, 문제를 자신의 인격성장을 위한 발판으로 삼는 것이다.

앞서 말했듯이 시작은 대부분의 사람들에게 두렵고, 어려운 선택

이다. 엄마, 마흔은 더욱 그렇다. 지금껏 일궈온 삶을 유지하고 잘 지켜내고픈 욕구에 반해, 원하는 것을 꿈꾸고 그것을 이루고자 무언가를 시작한다는 것은 결코 쉽지 않다. 그럼에도 그 시작의 첫걸음을 떼는 데 도움이 되는 3가지는 다음과 같다.

지금 시작하는 힘 첫 번째는 고통과 불확실성은 피할 수 없는 삶의 본질임을 아는 것이다. 어차피 만나야 하는 인생의 사자와 호랑이라면 그저 흘러가다 그들이 오는 대로 맞아주는 삶을 살 것이 아니라, 내가 원하는 길을 가는 도중에 그들을 만나는 것이 낫다. 그것이 내 인생을 책임감 있게 살아가는 것이며 한 번뿐인 내 삶을 아끼고 사랑하는 것이다.

지금 시작하는 힘 두 번째는 '천 리 길도 한 걸음부터'라는 속담처럼, 우리가 내딛는 작은 한 걸음에서부터 모든 것이 시작된다는 것을 아는 것이다. 아무리 가야 할 곳이 멀어도 결국 내 두 발을 움직여 한 걸음 떼는 것부터가 시작이다. 굳은 의지로 비장하게 시작하지 않아도 된다. 천 리 길을 미리 꿰뚫어 보려고 할수록, 처음 한 걸음이 더욱 어려워질 것이다. 앎이 머리에서 가슴으로 내려오는 거리보다, 가슴에서 두 발로 내려오는 거리가 더 멀다는 말처럼 말이다.

시작은 원래 힘들다. 시작하는 것은 생각하는 것을 넘어 실제로 행동하는 것이고, 원래의 상태를 유지하려는 저항을 극복하고 변화를 받아들이는 것이기 때문이다. 비행기는 중력에 맞서 하늘로 날아오르기 위해 시속 200~250km에 달하는 속도에 도달해야 한다. 엔진이 풀가동을 하며 고출력을 내야 하기 때문에 연료의 50% 이상을 이륙할 때 소비한다고 한다.

우리의 도전과 성장의 과정도 이와 다르지 않다. 처음 그 한 걸음을 떼는 것이 힘들다. 무수히 많은 '안 될 이유'에도 불구하고 희망을 저버리지 않겠다는 선택과 지금 당장 할 수 있는 작은 것을 하나씩 해내는 행동력은 내 삶의 길을 원하는 곳으로 조금씩 옮겨가게 한다.

지금 시작하는 힘 세 번째는 자신의 꿈을 아는 것이다. 자기 내면을 면밀히 관찰해서 자신이 원하는 바를 알아차릴 수 있어야 한다. 이는 결코 쉬운 일이 아니다. 꿈이 없다고 말하는 사람들이 있다. 그들은 현재의 삶에 만족하며, 하루하루 행복하게 살면 됐다고 한다.

나는 '꿈이 없다'는 말을 부정하지 않는다. 하지만 오랫동안 이 문제에 관해 고집을 피우기는 했다. '아니야, 지금 너무 지쳐 있어서 그런 거야, 자신을 제대로 관찰해보지 않아서 그래. 영혼은 반드시 바라는 바가 있어' 하고 책에서 본 내용들을 들먹거려 봤지만 확신할 수 없었다. '내가 무슨 근거로 누군가의 마음을 재단하는 걸까?' 의구심이 들었기 때문이다.

누군가가 지금 꿈이 없는 이유는 자신의 큰 꿈을 이미 이룬 덕분일 수 있다. 혹은 내 앞에 펼쳐졌던 인생 시나리오에 최선을 다하며 살아낸 삶이 내 꿈의 방향성과 일치한 덕분일 수 있다. 영혼의 바람에 꼭 맞는 삶을 살아가기에 마음속 깊은 곳의 미련이나 아쉬움이 없는

것일지 모른다. 꿈을 좁은 의미로 하나의 목표, 혹은 직업으로 한정 짓는 것이 아닌 내 삶을 이끌어가는 커다란 방향성, 희망과 비전이라는 점에 비춰 봤을 때 꿈이 없다고 말할 사람은 드물다(기본적으로 먹고사는 문제도 해결하지 못해 삶이 힘든 사람들을 제외하고서 말이다).

자연, 신, 가족, 사랑, 이타, 평화 등 누구나 자신이 추구하는 최고의 선이 있으며 삶의 이정표가 있다. 그리고 그 속에 내 영혼의 숙제가 있다. 그것은 내 꿈의 다른 이름이며, 발견하기 쉬운 것은 아니다. 심리학자 카를 구스타프 융(Carl Gustav Jung)은 각자의 가치관에 대해 이렇게 말했다. "우리는 각자의 가치관을 개발할 수 없다. 내가 믿는 것이라고 해서 영혼이 무작정 받아들이지는 않기 때문이다." 나는 이 점이 우리가 영혼의 숙제를 발견하기 어려운 이유가 아닐까 생각했다. 내가 원하는 것, 좋아하는 것, 잘하는 것, 해야 하는 것, 주어진 것 등 그 모든 것을 하나하나 경험하고 면밀히 관찰해가는 과정을 통해서만 비로소 내 영혼의 숙제에, 내 꿈을 발견하는 것에 가까워질 수 있는 것이다. 자신의 꿈을 아는 것만 해도 이렇게 수많은 과정을 거쳐야 한다. 그러니 이미 자신이 무엇을 원하는지 알고 있다면 그것만으로도 얼마나 큰 축복인가.

자신의 꿈을 찾아, 그저 한 발짝 내딛어 보는 것. 그러한 과정에서 오는 고통과 불확실성을 견디고 노력하는 것은 그저 우리 삶의 본질이라는 것을 아는 것. 그것이 바로 지금 우리가 시작하는 힘이다.

3장

두려움 없는 성장은 없다

한계 설정 버튼을 삭제하라

"재주가 남만 못하다고 스스로 한계를 짓지 말라.

(無以才不猶, 人自畫也).

나보다 어리석고 둔한 사람도 없었지만 결국에는 이룸이 있었다.

(莫魯於我, 終亦有成).

모든 것은 힘쓰는 데 달렸을 따름이다.

(在勉强而已)."

– 백곡 김득신 선생의 묘비명 중

백곡 김득신은 진주대첩을 승리로 이끈 김시민 장군의 손자다. 가문의 명맥을 이어야 하는 사명이 있었지만, 김득신은 열 살이 되어서야 글을 깨우칠 정도로 학문에는 소질이 없었다. 어린 시절 천연두를 앓아 발달이 또래보다 늦어져, 명문가의 바보로 불릴 정도였지만 그는 결코 포기하지 않았다.

그는 한 책을 무려 11만 3,000번을 읽었고, 1만 번 이상 읽은 책만

해도 무려 36권에 달한다. 이러한 끊임없는 노력으로 39세에 소과, 59세에 대과에 합격했다. 남들보다 늦은 나이였지만 여러 관직을 지냈고, 그의 시문학은 당대 최고로 평가받았다. 정약용도 그를 대기만성의 상징으로 언급하며 능력을 인정했다.

'코끼리 사슬 증후군'이라는 용어가 있다. 이 말은 서커스단에서 아기코끼리를 길들일 때 사용한 방법에서 유래됐다. 아기코끼리의 한쪽 다리를 쇠사슬에 묶어 말뚝에 고정해놓으면 처음에는 쇠사슬을 벗어나기 위해 필사적으로 노력하지만, 결국 자신이 그곳을 벗어날 수 없음을 알고는 그 주변만을 맴돌게 된다. 자신의 힘이 더 세져 말뚝을 뽑아버릴 수 있거나 쇠사슬이 사라지게 되더라도 말이다.

유리병 속의 벼룩 이야기도 이와 같다. 벼룩은 원래 자기 몸 크기의 수십 배나 되는 높이까지 뛰어오른다. 하지만 뚜껑이 닫힌 유리병 속에서 자신의 점프에 대한 한계치를 여러 번 경험하고 나면 뚜껑이 열려 있는 상황에서도 예전과 같이 높이 뛰어오르지 못한다.

살면서 반복된 상실과 실패의 경험은 나를 유리병 속의 벼룩처럼 혹은 서커스단의 아기코끼리처럼 만들었다. 스스로에 대한 한계 설정은 나름대로 일리 있고 근거도 충분했다. 이상을 추구하며 희망을 가지는 것은 참 좋은 말이다. 하지만 바로 한 치 앞에 내가 해야 할 과제들이 쌓여 있다. 그것들은 긴급하고 중요한 내 삶의 1순위를 차지하는 일들이다. 하나하나 착실하게 처리해야 한다. 유리병 안에서

만 뛰어도 쉴 새 없으니 유리병 밖으로 나가야 하는 순간을 꿈꾸거나, 할 수 있다는 용기를 내는 일 따위는 필요하지 않다.

김득신 선생의 이야기는 나에게 노력의 한계치를 다시 한번 생각하게 했다. 한 책을 무려 11만 3,000번을 읽다니… 가늠조차 어려운 일이다. 나는 1,000번은커녕 100번도 읽어 볼 생각을 못했다. 겨우 10번쯤을 읽고서야 그나마 이해하는 나를 머리가 나쁘다며 나무랐다.

목표를 이루기 위해서는 '할 수 있다'는 믿음과 확언이 필요하다. 다만 그 '할 수 있음'은 결과가 아닌 과정에 중점을 둬야 한다. 수많은 도전들은 결과를 통제할 수 있는 경우보다 없는 경우가 더 많기 때문이다. 그렇기에 노력의 정도에 선을 긋지 않고, 있는 힘껏 최선을 다하는 것에만 심혈을 기울여야 한다.

전설적인 농구 선수 마이클 조던(Michael Jordan)은 "실패하는 것이 두려운 게 아니라, 노력하지 않는 것이 두렵다"라고 말했다. 도전에 한 걸음 다가서면 '실패하는 것'보다 '힘껏 노력하지 않은 나'를 만나게 될까 더 두렵다. 도전하기로 결심했다면 남은 것은 '실천'이다. 그 실천은 나의 현실에서 이루어져야 하고, 그곳에서는 무수히 많은 한계 상황이 펼쳐진다. 코로나19로 아이들이 등교를 하지 못했고, 작은아이가 꼼짝 않고 누워 있어야 했던 시간이 길어졌던 것처럼. 모의고사 시험지 앞에서 막막한 나를 직면했던 것처럼 말이다.

현실에서 마주치는 한계 상황은 나를 세차게 후려치고 흔들어대기 충분하다. 게으름과 권태, 우울, 의욕 저하 같은 배부른 감정도 어김없이 찾아온다. 그 모든 한계가 있음에도 계획대로, 해야 할 것들을 행동으로 옮겨야 한다.

계획대로 실천할 수 있을까? 있는 힘껏 최선을 다할 수 있을까? 자신에 대한 의심과 불신을 거두고, 내 노력의 한계 설정 버튼을 삭제하라. 내가 얼마만큼 노력할 수 있을지 해보기 전에는 알 수 없다. 사실 우리는 여자에서 엄마가 되면서 더욱 성장했다. 처음 마주하는 내 아이와의 만남 앞에 여자는 자기 자신을 뛰어넘어 '엄마'가 됐다. 자신보다 더 소중한 존재가 생긴 것이다. 그 아이는 엄마에게 더 좋은 사람이 되라고, 할 수 있다고 격려한다. 그것은 강제가 아닌 100% 자발적인 바람이다.

임신을 알게 된 순간부터 뱃속에 있는 아기의 안전이 걱정되고, 식용유 한 통을 들이킨 듯한 울렁거림에 종일 아무것도 못 먹고, 입덧에 시달려도 내 몸보다는 아기가 잘 크지 못하면 어쩌나 그것이 더 걱정됐다.

만삭이 되니 숨이 차고, 이리 누워도 저리 누워도 불편하고, 평생 겪어본 적 없는 다리 저림이 수시로 찾아왔다. 분만실에서는 힘을 제대로 주지 못해 고생고생했는데 낳고 보니 아이의 얼굴에 멍이 들어 있어 마음이 아팠다.

아이를 낳고 기르는 과정은 또 어떤가? 매일 밤잠을 설치고, 세수하고 양치질할 시간도 빠듯하다. 화장하고 외출해본 기억은 까마득하고 온종일 아이에게 매달려 있다. 잠시 한눈판 사이 조용하다 싶은 아이는 한쪽 구석에서 사고를 친다. 세제를 쏟으면 그나마 다행이고 먹으면 비상사태다. 아기욕조에 안전하게 눕힌다고 했는데도 순간적으로 물에 빠져 허우적거리게 한 적도 있다. 그럴 때는 종일 마음이 무겁고 미안하다. 밤 수유를 끊거나 공갈젖꼭지를 끊을 때, 수면교육 할 때… 보채는 아이를 달래느라 땀을 뻘뻘 흘리고, 약해지려는 마음을 꾹꾹 누르며 참고 버텼다.

결혼 전 친구를 통해 이런 육아의 실상을 볼 때면 나는 절대 못할 일이라고 생각했다. 그래서 막연하게 '나는 결혼을 안 할 거야, 못 할 거야'라고 생각했다. 비혼주의라고 못 박으면 유별난 사람처럼 보일까 봐 내색하지는 않았지만 말이다.

하지만 그런 나조차 내 아이 앞에서는 무장해제였다. 나를 희생하고 인내하는 과정들이 힘들지만, 또 힘든 것만도 아닌 마법 같은 경험을 하게 됐다. 아이를 낳고 키우고 가정을 꾸려가면서 하나씩 차곡차곡 쌓인 경험들은 눈치 채지 못하는 사이에 나를 이전과는 다른 사람으로 만들었다.

우리는 정확하게 우리가 선택한 것을 얻는다. 우리가 할 수 있는 노력의 한계를 스스로 설정하지 마라. 해보기 전에는 우리가 얼마나 열심히 할 수 있는지 모른다. 우리가 우리 아이를 얼마나 사랑하고,

나의 모든 것을 내어주며 키우게 될지 몰랐던 것처럼….

인류라는 거대한 물줄기를 이루는 하나의 물방울인 나는 남들과 조금도 다를 것이 없다. 모두가 하나의 물방울이기에 똑같이 특별하고 똑같이 소중하다. 그 거대한 물줄기에서 벗어나 내가 나로서 반짝일 수 있는 시간은 한정되어 있다. 나는 곧 내가 시작된 물줄기 속으로 사라질 것이다. 지금 내 노력의 한계 설정 버튼을 삭제하고 가장 나다운 모습으로, 가장 빛나는 나를 만들어가자.

부모가 믿는 만큼
크는 아이

"여보세요, 민이 어머니 되시죠? 저 민이 담임입니다."
"네, 선생님 안녕하세요."

4월의 햇살이 내게는 참 서럽게 느껴지던 어느 날, 큰아이의 담임 선생님으로부터 전화를 한 통 받았다. 도서관에서 한창 공부 중이던 나는 조심스럽게, 최대한 빠른 걸음으로 밖으로 나갔다. 형식적인 인사를 몇 차례 나눌 때까지도 나는 선생님께서 전화하신 의도를 알아채지 못했다.

"민이가 오늘 저한테 야단을 좀 들었습니다, 어머니. 원래 그렇게 하면 안 되는데…. 제가 교실 뒤에 나가 서 있게 했습니다."
"네? 민이가요? 민이가 무슨 잘못을 했나요?"

'이렇게 좋은 날씨를 즐기지도 못하고 나 지금 뭐 하고 있는 거니?'

라는 얼빠진 생각이 잠시 스치고 지나가던 찰나 누군가 정신 차리라며 찬물 한 바가지를 끼얹은 듯했다. 선생님의 말씀을 들어 보니, 반 아이 누군가 떠들면 한마디를 더 얹어서 말하고, 옆 친구가 뭐하는지까지 참견하는 통에 수업이 힘들었다는 것이다. 내 마음은 속상함 반, 죄송스러움 반이었다.

'나 지금 뭐하고 있는 거지? 지금 내 꿈 하나 이루겠다고 아이가 학교생활을 어떻게 하는지 제대로 살피지도 못하고 있잖아. 이게 맞는 행동이야?'

난 또 흔들리고 있었다. 꿈이 있는 엄마들의 최대 고민거리는 육아다. 엄마이기 때문에 육아는 소홀히 할 수도, 포기할 수도 없다. 아이가 신생아일 때는 모든 것을 다 해줘야 한다. 그러다 보니 밤잠을 설치고, 마음 편히 화장실도 못 가고, 식탁 앞에 서서 한두 숟가락으로 후다닥 끼니를 때우는 날들이 허다하다. 잠시 '나'라는 존재는 사라지고 없는 듯하다.

그러다 태어나 처음으로 살아 있음을 절감하는 순간이 온다. 바로 아이가 나를 보며 웃어줄 때, 동그란 눈동자에 오로지 믿음과 사랑, 기쁨과 행복만이 가득한 것을 볼 때다. 진실로 나는 이전까지 그처럼 충만한 감정을 느껴본 적이 없다.

나로 인해 누군가가 그토록 행복할 수 있다는 것. 그것은 무엇보다도 내가 살아 있어야 하는 이유가 되어줬다. 나라는 존재의 소중함과

가치를 알게 해주고, 모든 힘듦과 어려움을 잊게 해주는 마법이자 선물이었다. 이 시기에 엄마가 도전에 나서는 것은 절대적으로 시간이 부족해 힘들 수 있다. 자기 일을 하며 멋지게 육아를 해내는 엄마들도 많지만, 나는 오로지 육아에만 전념하고자 했다.

아이가 자라 어린이집이나 유치원에 가면서 비로소 내 시간이 생겼다. 그렇다고 마냥 좋은 것만은 아니었다. 커가며 사회생활을 하게 된 아이에게는 가족 외의 관계도 만들어졌고, 덕분에 크고 작은 문제들이 수시로 생겼기 때문이다. '아플 때'뿐만 아닌 다양한 문제들이….

내가 사랑하는 사람이 나를 사랑하는 것은 기적이라고 하지 않던가! 이렇게 기적처럼 만난 사랑을 지키기 위해 엄마는 아이의 일이라면 늘 두 눈을 부릅뜨고, 경계 태세를 늦추지 않는다. 지금 내가 옆에 있어 주지 못해서 생기는 작은 문제가 눈덩이처럼 불어나 큰일이 되지 않을까 노심초사하면서 말이다.

선생님의 전화를 받은 후 나는 진심으로 '내 공부를 여기서 멈출까?' 고민했었다. 아무리 내 꿈이 중요하다 해도 아이의 바른 성장보다 중요하지는 않았기 때문이다. 일단 집에 돌아간 나는 큰아이를 붙잡고 차분히 이야기해봤다.

"떠들고 장난치는 친구가 한 명이면 선생님은 그 친구만 조용히 시키면 돼. 그런데 그 친구를 따라 덩달아 소란을 피우는 친구가 있으면 수업이 엉망이 되어버리겠지? 네가 그런 행동을 하면 선생님과 다른 친구들에게 피해를 주게 되는 거야. 선생님께서 교실 뒤에 가서 서 있으라고 했을 때 기분이 어땠어?"

아이는 자신도 속상했다고 하면서, 자신이 한 행동으로 선생님과 다른 친구들 역시 속상했을 것을 이해하는 것 같았다. 선생님이 교실 뒤에 가서 서 있으라고 했을 때 부끄러웠다고 하면서도 그리 섭섭해하는 표정은 아니었다. 나는 아이를 조금 더 지켜봐주자고 스스로를 다독였다.

"다른 친구들은 엄마가 매일 놀이터에 같이 나와 놀아주는데, 엄마는 그러지 못해서 미안해."

내친김에 나는 평소 아이에게 미안하게 느꼈던 부분까지 말했다. 나는 아이에게 친구를 만들어주지 못하는 엄마라는 자괴감이 컸다. 그런데 아이가 의외로 괜찮다고 말해주는 것이 아닌가! 아이는 내가 생각하는 것보다 더 많이 나를 사랑하고 이해하고 있었다.

모성애는 아이의 존재와 욕구에 무조건적 사랑을 쏟는 마음이다. 그런데 그 모성애보다 더 진한 사랑이 바로 부모를 향한 아이의 사랑이다. 자신의 생사여탈권을 쥐고 있는 부모에 대한 조건 없는 수

용과 긍정. 어린 시절의 그런 기억은 의식과 무의식에 잠재되고, 오래도록 아이 인생에 영향력을 행사한다.

선생님의 전화를 받은 이후로 나는 또 그런 전화가 걸려오지는 않을까, 걱정하며 불안감 속에 지냈지만 다행히 별다른 소식 없이 학년 말이 됐다. 내가 먼저 전화를 드려야 하나, 잠시 고민하기도 했지만, 무탈하게 학교생활을 이어가는 아이를 보며 계속 믿고 지켜봐도 되겠다고 생각했다. 이제 초등학교 6학년이 된 큰아이는 제법 듬직하고, 믿음직한 아들이다.

아이는 부모의 전적인 보살핌과 지원을 받아야 하는 시기를 거친다. 그러는 동안 부모의 생각, 가치관 등에 많은 영향을 받으며 온전한 인격체로 성장해나간다. 이는 부모가 자식에게 더 큰 책임감과 부담감을 가지게 되는 지점이다. 나도 내 실수나 부재가 아이를 망치지는 않을까 하는 두려움이 있다. 하지만 부모와 자식은 엄연히 다른 인격체라는 점도 머릿속에 새기고 있다. 부모는 아이와 함께하는 동안 무엇보다도 세상에 나가 홀로 설 수 있는 용기를 전해줘야 한다. 이 용기는 아이와 함께 많은 시간을 보내고, 내가 옳다고 믿는 가치관을 직접 가르치는 과정을 통해서만 전할 수 있는 것이 아니다.
오히려 부모가 자신의 삶을 통해 만나게 되는 여러 상황들을 어떻게 대처해가는지 보여줌으로써, 자신이 생각하는 가치 있는 것들을 아이에게 자연스럽게 물려줄 수 있다. 용기 있게 자신의 삶을 적극적으로 살아가는 부모의 모습을 통해, 아이도 자신의 인생 과제를 스스로 해결할 수 있다는 용기와 자신감을 가지게 되는 것이다.

아이는 부모가 통제하며 모든 것을 안내해줘야만 올바르게 자라는 주체성 없는 존재가 아니다. 부모와 아이가 신뢰하며 서로 협력하는 관계를 구축해갈 때, 아이들은 자신의 존재에 깊이 뿌리를 내리고 세상에 나갈 용기를 얻게 된다. 부모가 믿는 만큼 아이는 자란다.

운이 좋아지는 방법

인생은 능력일까? 노력일까? 운일까? 운칠기삼(運七技三)이라는 말이 있다. 운이 7할이고 노력이 3할이라는 뜻으로, 사람의 일은 재주나 노력보다 운에 달려 있음을 이르는 말이다. 운삼기칠(運三技七)도 아닌 운칠기삼(運七技三)이라니! 그렇다면 내가 죽도록 노력해도 운이 따라주지 않으면 성공하기 힘들다는 것 아닌가… 정말 너무하다! 이 말대로라면 누가 두려움에 맞서 희망을 가지고 도전할 수 있을까?

프랑스 철학자 볼테르(Voltaire)는 운(運)에 대해 이렇게 말한다. "운은 무언가 알려지지 않은 원인의 영향력을 표현하기 위해 우리가 만들어낸 단어다." 운에 대한 해석이 '운칠기삼'보다는 조금 더 친절하고, 우리 편에 있는 듯하다. '삶에 영향을 미치는 여러 요인 중에 '알려지지 않은 원인'이 있고 우리는 그것을 운이라고 부른다' … 나는 이 말에서 운이라는 녀석이 마냥 무작위한 것만은 아니라 생각했다.

또 일본의 운명학자 미즈노 남보쿠(水野南北)는 《절제의 성공학》에서 운에 대해 이렇게 말한다.

"운(運)이라는 것은 기(氣)에 따라 움직이므로 내 몸의 기 흐름이 좋으면 운명이 반듯해진다. 또한 죽는다는 것은 기운(氣運)이 몸을 떠나는 것을 말하므로 사람이 살아 있는 동안에는 운이 항상 내 몸 안에 있는 것이다. 먼저 마음가짐과 몸가짐을 제대로 하면 절대로 운이 나빠 고생하지는 않을 것이다."

그제야 나는 '운'이라는 통제 불가능한 영역에의 두려움을 조금이나마 내려놓게 됐다. 살아만 있다면 운은 항상 내 안에 있으니, 나와 내 주변의 기(氣) 흐름을 좋게만 하면 상승운이 만들어진다는 것 아닌가! 어디로 튈지 모르는 심술궂은 운의 장난에 휘둘리지 않고, 나름대로 운이 좋아지는 노력을 해볼 수 있다는 희망이 생겼다. 그때부터 나는 '운'에 관심을 가지고, 나와 내 주변의 기운을 좋게 하는 방법들을 찾아봤다.

운이 좋아지는 방법 첫 번째는 '나의 공간 관리하기'다. 우리는 주변 환경과 서로 영향을 주고받는다. 나의 기운을 좋게 하려면 내 주변의 기운을 좋게 만들어 운을 상승시켜야 한다. 공간은 거울과도 같아서 그곳에 사는 사람을 그대로 투영한다. 따라서 기운이 좋은 사람의 공간은 좋은 기운이 돌고, 좋은 기운이 도는 공간에 살면 그

사람의 기운도 상승한다.

집 안의 운이 좋아지는 풍수지리는 다양하다. 하지만 미니멀리스트인 내가 중요하게 생각하는 2가지는 정리정돈과 청결이다. 사람이 사용하는 물건에는 그 사람의 기운과 에너지가 깃든다. 바꿔 말하면 사용하지 않는 물건에는 기운이 돌지 않는다는 뜻이 된다. 에너지의 흐름이 막히고 기운이 돌지 않는 물건이 내 집의 어느 공간을 차지하고 있다면, 분명 좋은 운이 들어오기 힘들다.

따라서 사용하지 않는 물건들은 적절하게 처리하는 것이 중요하다. 옷이나 신발, 생활용품 등 1년 이상 사용하지 않은 물건들은 버리거나, 나눔 혹은 중고로 되파는 식으로 처분하자. 비워냄은 더 좋은 것을 받아들이기 위한 첫걸음이다.

또한 집 안에 여러 물건들이 각 공간과 조화롭게 균형을 이루는 것이 중요하다. 각각의 공간에 필요한 물건들을 적절히 배치해서 생활에 안정감과 아름다움을 더한다면, 그 역시 좋은 기운을 발산하는 힘이 된다. 불필요한 물건들이 어수선하게 여기저기 흩어져 있는 것은 생활에 불편함을 줄뿐더러 좋은 기운도 불러오지 못한다. 작은 물건이라도 자기 자리를 정해두고, 사용한 뒤에는 제자리에 두는 습관을 들이자.

운이 좋아지는 방법 두 번째는 '내 몸 관리하기'다. 앞서 소개한 미즈노 남보쿠의 말처럼 '운(運)'은 살아 있는 동안에 항상 내 몸 안에 있는 것이다. 그러므로 내 안의 운을 좋은 방향으로 다스리고 좋은 기운을 발산하고자 한다면, 내 몸을 관리해야 한다. 정확히는 몸과 마음이다.

좋은 운, 대운을 받아낼 수 있게 운 그릇을 키우려면 내 몸의 기를 통하게 해서 안 좋은 기운은 내보내고, 좋은 기운이 들어오도록 해야 한다. 애초에 움직이지 않으면 운도 움직일 일이 없다. '운동(運動)'으로 운이 움직이고 상승작용이 생기므로 규칙적이고, 꾸준한 운동이 필요하다. 내 운 그릇에 운이 담길지 말지는 두 번째 문제다.

운의 영역을 차치하고서라도 목표가 무엇이든 그것을 이루기 위해서는 건강한 체력이 필요하다. 그것이 내 의지와 신념을 마지막까지 굳건히 지켜줄 것이기 때문이다. 체력이 떨어지니 처음의 불같은 의욕이 사그라드는 것은 물론이고, 결과마저 어찌되든 상관없다 싶은 마음이 들어 스스로도 놀랐다. '건강한 신체에 건강한 정신이 깃든다'라는 말처럼 몸은 마음을 담는 그릇이다.

운이 좋아지는 방법 세 번째는 '마음을 담는 말버릇 쓰기'다. '나는 운이 좋다'라고 입버릇처럼 말하자. 운이 좋으니 '운이 좋다'라고 말하고, '운이 좋다'라고 말해서 운이 좋아진다. 우리는 살면서 크고 작은 계획의 틀어짐과 시행착오를 겪는다. 그 일을 겪을 당시에는 화도 나고 짜증도 난다. 다소 큰 계획에 차질이 생길 때면 그 일이 해결될 때까지 불안 속에 있기도 한다.

하지만 우리가 늘 보호받음 속에 있다는 것을 안다면 '운이 좋다'라고 말할 수밖에 없다. 눈에 보이는 그리고 보이지 않는 존재로부

터 우리의 안전을 늘 보호받고 있다 생각해보자. 지금 당장 어떤 일의 계획이 틀어져 이루어지지 않음은 현재 우리의 미숙함으로 인해 발생할 나쁜 결과를 미연에 방지하기 위함일지도 모른다. 인생의 큰 비극 앞에서는 차마 꺼내기 힘든 말일지 모르겠으나, 어떤 불리한 상황에서도 긍정적인 관점에서 바라보고 인생의 교훈을 찾고자 하면, 그러한 노력들이 모여 점점 운이 좋은 사람이 되어갈 것이다.

운이 좋아지는 방법 네 번째는 '내 마음을 감사와 사랑으로 평화로운 상태에 머무르게 하기'다. 나의 감정과 기분을 평온하게 유지하며, 모든 일에 감사하고 사랑하는 마음을 내야 한다. 우리가 희로애락을 느끼는 것은 너무도 당연한 것이기에 부정적인 감정들을 거부하고, 내치라는 것이 아니다. 순간순간 느끼는 나의 모든 감정들을 인정하고, 그것들을 바라볼 수 있어야 한다. 미움과 원망, 분노와 화, 시기와 질투 등 모든 아름답지 못한 것들까지 나의 감정으로 온전히 받아낼 수 있다면 이것들을 넘어 사랑과 감사의 마음을 내는 데 한 걸음 더 다가갈 수 있다. 나는 타인에게 좋은 사람이 되고자 사랑하고 감사하는 것이 아니다. 사랑과 감사는 다른 누구도 아닌 나를 위함이 가장 우선이다. 평화로우면 모든 것이 잘 흘러간다. 나와 내 주변을 평화롭게 가꾸는 것은 나의 운을 좋게 만드는 가장 기본적이고 중요한 일이다.

노력은 눈에 보이고 통제 가능한 영역인 반면, 운은 눈에 보이지 않으며 통제 불가능한 영역이다. 내가 만들어가는 삶의 그릇에 성공이 담길지 실패가 담길지는 이 통제할 수 없는 영역의 역할도 크다. 그렇지만 운이 마냥 통제 불가능한 영역이기만 할까? 볼테르의 설명처럼 '알려지지 않은 원인의 영향력'인 만큼 운은 상승 비법의 유효성을 검증하기 힘들 뿐이지 분명 '운이 좋아지는 방법'은 있다. 설령 그것이 아닐지라도 이를 실천함으로써 우리의 삶을 더욱 충만하게 가꿔갈 수 있다면, 그것만으로도 실천해볼 가치가 충분하지 않을까?

천재도
최선을 다한다

베토벤 교향곡 9번, 통칭 〈합창〉으로 불리는 이 곡은 베토벤(Beethoven)이 청력을 완전히 상실한 상태에서 완성한 작품으로, 그의 9번째 교향곡이자 마지막 교향곡이다. 총 4악장으로 구성된 곡은 마지막 4악장에서 합창과 독창이 함께 어우러진다. 당시 교향곡에 가사를 도입하는 것은 전무후무한 일로, 굉장히 생소한 형식이었기에 베토벤은 이 곡을 완성하는 데 몹시 고전했다.

1842년 처음 이 곡을 구상하던 때로부터 장장 32년 만에 작곡을 마치고, 베토벤은 그해에 오스트리아 빈에서 이를 초연에 올린다. 이때 베토벤은 귀가 전혀 들리지 않는 상태였기 때문에 어떤 소리도 듣지 못했다. 알토 독창자였던 카롤리네 웅거(Caroline Unger)가 베토벤의 몸을 청중석 쪽으로 돌려줬을 때, 그제야 박수 치며 열광하는 관객들을 봤고, 연주가 끝났음을 알았다고 한다.

이 곡은 그의 모든 교향곡들 중에서도 가장 뛰어난 작품으로 인정

받고 있으며, 2001년 자필 악보가 유네스코 세계기록유산에 등재됐다. 알레그로의 빠르기로 시작되는 1악장은 신비로운 세계의 서막을 여는 듯해 연주 내내 긴장감을 놓칠 수 없게 만들고, 이는 내가 가장 좋아하는 부분이기도 하다. 2악장은 1악장보다 빠른 비바체로 연주되며 명랑하고 밝은 느낌으로 이어진다. 큰 강물이 흘러가듯 느리고 부드럽게 연주되는 3악장에 이어, 드디어 웅장함과 비장함이 폭발하듯 터지는 4악장이 시작된다. 인류의 화합과 평화, 신 앞에 모든 존재를 수용하고 사랑으로 감싸안고자 한 베토벤의 열정과 천재성이 그대로 드러난 4악장은 클래식 음악의 역사를 바꿔놓기에 충분했다.

'죽기 전에 꼭 들어봐야 할 곡'으로 평가되는 베토벤 9번 교향곡 〈합창〉. 이는 그의 천재적인 재능과 독창적인 발상으로 만들어진 명곡으로, 20대 시절 자신이 꿈꾼 이상을 현실로 만들어내고자 한 집념을 끝까지 놓지 않았기에 세상에 나올 수 있었다.

아무것도 들을 수 없는 상황에서조차 그는 작곡을 포기하지 않고, 진동으로 음의 높낮이를 구별하는 방법을 개발해 작곡을 이어나갔다. 곡에 가사를 붙이기 위해 치밀하고, 디테일하게 연구하며 고민에 고민을 거듭했다. 이러한 그의 지독한 끈기와 인내가 있었기에 세대를 거듭해 지금까지도 많은 사람들이 이 곡의 환희와 감동, 용기와 희망을 느낄 수 있는 것이다.

베토벤과 동시대를 살았던 괴테(Goethe)는 다방면에서 전문가적

인 식견을 보여줬다. 우리가 익히 알고 있는 세계적인 문학가라는 이름 외에도 식물학, 해부학, 물리학, 색채학, 그림, 음악 등 여러 분야를 오랜 기간 연구하며 자신의 소설에 녹여내고 전문 서적을 써냈다.

그는 지질학 연구를 위해 광물 1만 8,000종을 수집하는가 하면, 40여 년간 색채학을 연구해《색채론》이라는 저서를 집필하기도 한다.《민요》라는 저서를 읽고 감명받아 시골을 돌아다니며 민요를 직접 채집하고 다니기도 하고, 시, 소설, 희곡 등 문학작품을 146편, 그림은 1,000점 이상을 남겼다. 그의 필생 역작인《파우스트》와《빌헬름 마이스터의 수업시대》는 각각 60년과 50여 년의 세월에 걸쳐 완성하기도 했다.

노력보다 반복을 중요하게 생각한 괴테는 매일 새벽 5시 반에 기상해서 점심때까지 글을 쓰거나 책을 읽는 루틴에 따라 생활했다. 글을 쓰는 과정은 지난하고 외로운 시간이다. 그럼에도 자신의 루틴을 지키고 그것을 반복하는 오랜 수고로움을 견뎌낼 수 있었던 노력의 원동력은 무엇일까?

동시대 조선의 다산 정약용 역시 다방면에서 재능을 발휘하고, 학문적 업적을 남긴 위인이다. 그는 정조가 키운 유능한 인재로 실학 이외에도 정치와 법, 언어와 시, 문학, 의학, 역사, 지리, 풍수 등에 조예가 깊었다. 하지만 그의 집안이 천주교를 믿었던 것은 그의 약점이 됐고, 결국 그 이유로 유배를 가게 된다. 정조는 정약용에게 기다리면 다시 부를 것이라 약속하지만, 그 약속한 날을 딱 하루 앞두고 정조가 세상을 떠나게 된다.

그 후 수많은 천주교인들이 처형을 당하고 정약용의 가문은 폐족됐다. 그는 오랜 시간 귀양살이를 했고, 조정에 다시 발을 들이지 못한 채 유배지에서 일생을 마쳤다. 하지만 그는 유배생활 18년 동안 무려 500여 권의 책을 쓴다. 책상 앞에 양반다리로 앉아 글쓰기에 몰두한 결과, 복숭아뼈에 3번이나 구멍이 났다고 한다.

그는 자신의 출셋길이 막힘은 물론이거니와 자식마저 벼슬길에 오르지 못하는 상황에 처했음에도, 자포자기하거나 상황을 탓하는 원망을 일삼지 않고, 오히려 학문과 독서에 더욱 매진했다. 그가 왜 이렇게까지 했는지는 그가 아들에게 보낸 편지를 보면 알 수 있다.

> "내 책이 후세에 전해지지 않는다면 후세 사람들은 단지 사헌부의 계문과 옥안만 믿고서 나를 평가할 것이 아니냐. 그렇게 되면 나는 어떤 사람으로 취급받겠느냐."

그는 비록 지금은 '죄인 정약용'이지만 지금 이 시간을 어떻게 보내느냐에 따라 역사는 자신을 다르게 판단할 것이라는 것을 알고 있었던 것이다. 그래서 복숭아뼈에 구멍이 날 정도로 쓰고 또 썼던 것이다. 그리고 정확히 우리는 정약용을 '죄인'이 아닌 '조선 후기 실학자. 수많은 저서를 남긴 대학자'로 기록하고 기억하며 존경한다.

수많은 성공자들과 위인들은 자신의 삶을 통해 세상에 하고 싶은

말을 하는 데 성공했다. 그들은 정치, 경제, 예술, 학문, 스포츠 등 다양한 분야에서 자신을 표현했고, 끝까지 포기하지 않았다. 이들이 이렇게까지 노력할 수 있었던 단 하나의 힘, 그 원동력은 무엇이었을까? 바로 '자신과 자신의 삶을 사랑하는 것'이 아니었을까? 자신의 문제에 똑바로 직면하고 매 순간 그것을 넘어서 좀 더 나은 자신이 되고자 하는 야망의 발원지를 '사랑' 외에 어디서 또 찾을 수 있을까?

'나를 사랑하는 것'이야말로 내 안의 나를 들여다보게 하며, 내가 원하는 것이 무엇인지를 탐구하게 만든다. '내 삶을 사랑하는 것'이야말로 내가 원하는 내가 되기 위한 희생과 헌신, 인내와 노력을 감내할 수 있게 한다.

노력의 결과는 지금 당장 원하는 모습으로 나타나지 않을 수도 있다. 하지만 필요한 순간에 필요한 모습으로 반드시 나타날 것이라 믿는다. 나는 어떻게 내 삶을 사랑해야 할까? 이제 우리는 천재도 자신의 삶에 최선을 다함을 알았다. 그러니 모두 자신만의 방식으로 나의 삶을 사랑함에 최선을 다해보자.

포기하기 전에
알아야 할 것

큰아이는 여섯 살 때부터 태권도를 배웠고, 여덟 살 때 처음으로 1품 승품 심사를 봤다. 승품 심사 때 나는 아이가 그간 태권도를 배운 시간이 짧지 않았고, 순순히 심사에 응했기에 앞으로 펼쳐질 일은 상상도 하지 못했다. 심사 한 달 전부터는 매주 토요일마다 연습을 해야 했는데, 첫 연습을 다녀온 후부터 아이가 갑자기 심사를 보지 않겠다는 것이다. 처음에는 설득하면 될 줄 알았지만 아니었다. 대꾸 없이 꿈쩍도 않는 모습에 나는 속이 타들어갔다.

가지 않겠다는 아이를 어르고, 달래고, 협박까지 해봤지만 소용이 없었다. 이도 저도 안 되기에 팔을 잡아끌고 갈라치면 동네가 떠나갈 듯 소리를 쳤다. 악을 쓰고, 울고불고, 발로 차고, 때리고, 도망치고 그런 애를 억지로 잡아끌어 차량에 태워 보내야 했다.

어느 날은 혼자 감당이 안 되어서 남편이 아이를 끌고 가는데, 그 모습이 꼭 경찰에 신고라도 당할 것 같은 꼴이었다. 여덟 살 인생 처음으로 저렇게 결사 항쟁을 하는 이유가 승품 심사를 받기 싫어서라

니… 기가 막힐 노릇이었다. 큰아이 인생의 첫 번째 도전인데, 시작하기도 전에 포기하게 만들고 싶지 않았다. 그러면서도 '꼭 이렇게까지 해야 하나?' 싶은 심정이 든 것도 사실이다. 연습하러 갈 때마다 난리를 쳤는데 엄마로서 '얼마나 가기 싫으면 저럴까?' 하는 약한 마음이 들었기 때문이다. 아이에게 티를 내지는 않았지만 말이다.

우여곡절 끝에 큰아이는 모든 연습을 마쳤고, 승품 심사에도 합격했다. 이후에도 두 번의 심사를 더 봤지만 고맙게도 처음 같은 난리법석은 떨지 않았다. 한 번씩 그때 이야기를 하면 아이도 멋쩍은 듯 웃는다. "왜 그렇게 하기 싫었던 거야?"라고 물으면 그냥 "몰라" 하고 끝이다.

지금의 아이는 꽤 우직한 편이다. 승품 심사에 떨어질까 봐 악을 쓰고 발악하던 여덟 살의 모습과는 사뭇 다르다. 두렵고 무서웠지만 이 악물고 버틴 끝에 어떠한 결과에 도달한 경험들이 쌓인 덕이 아닐까 생각한다.

어느 날은 아이가 대뜸 "시간이 흐른다는 건 좋은 것 같아. 내가 성장하고 있다는 거잖아"라고 이야기했다. 중학생, 고등학생 그리고 성인이 될 자신의 모습을 기대하고 자신에게 좋은 것을 주고 싶어 하는 아이의 모습을 보는 것이 엄마에게는 무엇보다 큰 선물이고 기쁨이었다.

모든 것을 내려놓고 임용고시에 도전했지만 첫해에 바로 합격하기에는 역부족이었다. 불합격이라는 처참한 결과지를 받아들었을 때 내게 남은 것은 컴퓨터 화면에 뜬 '최종 합격자 명단에 없습니다'이 한마디뿐이었다. 고작 그게 지난 몇 개월의 고생에 대한 답이었다. 허무하고 아쉽고 화나고 이때까지 도와준 남편과 가족들을 볼 면목이 없었다.

처음 도전을 결심했을 때는 딱 1년만 해보기로 약속했다. 남편의 도움이 많이 필요했는데 1년 이상은 현실적으로 힘들었기 때문이다. 그런데 '불합격'을 확인하고는 도무지 이대로 끝낼 수가 없었다. 그렇다고 1년 더 해보겠다는 말도 나오지 않았다. 우리의 1년을 또 다시 '불확실성'으로 내던져보자는 말을 나의 '아쉬움' 하나만 앞세워 꺼낼 수 없었기 때문이다. 그때 남편이 "하고 싶으면 한 번 더 해봐. 부담 가지지 말고"라며 조용히 말해줬다. 남편은 내가 얼마나 다시 하고 싶어 하는지 눈치 챘고, 하게 해주고 싶었던 것이다. 살면서 남편에게 가장 고마운 순간이었다.

세계적인 성공학자 나폴레온 힐의 《생각하라 그리고 부자가 되어라》를 보면 '금맥이 나오기 1미터 전' 채굴을 포기하면서 막대한 부를 놓친 금광꾼에 대한 이야기가 나온다.

1800년대 미국의 캘리포니아에서 금이 발견되면서 너도나도 금광으로 몰려들던 때가 있었다. 주인공도 이때 금맥을 발견해서 여러 사람들에게 자금을 빌려 장비를 구하고 채굴작업에 착수한다. 하지만 금맥은 이내 사라져버린다. 필사적으로 금맥을 파내려갔지만 실

패했다. 마침내 그들은 금을 캐는 일을 단념하고, 채굴 장비들을 고물상에 팔아넘긴다.

고물상 주인은 이를 처분하기 전에 광산 전문가를 불러 금광을 살펴보게 했다. 전문가의 조언을 들어 보니 금맥은 이전 사람들이 필사적으로 매달린 자리 딱 1미터 아래에 있었다. 고물상 주인은 그 금맥에서 금을 채굴해 수백만 달러를 벌었다. 그가 한 일은 포기하기 전에 문제의 해결책을 생각해보고, 그저 한 번 더 시도해보는 것이었다.

실패가 두려워서 시작조차 하지 못할 때, 생각보다 힘든 과정에 중도 포기하고 싶을 때, 결승점에서 마주한 실패 끝에 이제는 포기하고 싶을 때, 언제가 됐든 '노력' 대신 '포기'를 선택하고 싶을 때, 왜 포기하고 싶은지 이유를 알아야 한다. 포기할 때 하더라도 그 이유가 무엇인지 또 그것이 합당한지를 면밀히 따져 본 뒤 결정해야 후에 미련과 아쉬움이 남지 않는다.

시작도 하기 전에 포기하고 싶은 이유는 두렵기 때문이다. 하지만 두려움 없는 성장은 없다. 두려움은 언제나 희망보다 한 발 앞선다. 어쩌면 실패가 성공의 어머니인 것처럼 두려움은 희망의 어머니일지도 모른다. 그렇기에 한쪽 손이 두려움을 잡고 있을지언정, 다른 한쪽 손은 희망을 잡고 나아가야 한다.

도전 과정에서 포기하고 싶어지는 이유는 생각보다 도전에 더 많은 희생과 노력이 필요하기 때문이다. 큰 목표에는 큰 대가가 따른다. 그러니 처음의 뜨거운 열정, 넘치던 의욕과 다르게 지치고 힘든 순간이 반드시 온다. 하지만 끝까지 가야 한다. 중도에 포기하면 안 된다. 끝까지 버티고, 노력하는 과정에서 실력이 갖춰지는 것은 물론이고, 인내와 끈기, 돌파력이 길러진다.

또 끝까지 노력하는 과정에서 쌓인 능력들은 원하던 목표를 이룰 수 없었다 할지라도 결국 숨은 자산이 되어 필요한 순간에 나를 도와주는 무기가 된다. '하다가 멈추면 아니 한 것만도 못하다'라고 하지 않나? 이미 중간까지 왔다면 처음에 부족했던 스스로의 모습을 떠올리자. 노력은 배신하지 않고, 매일 조금씩 자신을 성장시키고 있었음을 알게 될 것이다.

끝까지 완주했지만 결국 실패했을 때는 내가 그것을 얼마나 원했는지 정확히 알 수 있다. 나는 실패했지만 포기하며 돌아서지 않았다. 지금까지 내가 치른 희생, 잃어버린 기회비용으로 목표를 이룰 수는 없었지만 가질 수 없게 됐을 때 그것을 얼마나 원하는지 더 확실히 알게 됐다. 목표를 이루기 위해 지금까지의 희생을 이어가고, 더 큰 기회비용을 잃어도 되겠는냐는 질문에 명확히 'Yes'라는 답이 나왔다.

그것은 단지 지난 시간에 대한 아쉬움과 후회 때문만은 아니었다. 내 불합격의 이유가 '절대적인 시간과 공부량 부족'이라는 결론에

다다랐기 때문이다. 그래서 더 아쉽고 포기가 안 됐던 것이다.

진짜 포기를 앞둔 마지막 순간에는 실패의 이유와 그것에 대한 해결책의 유무를 꼼꼼히 따져 봐야 한다. 지금까지 투자해온 내 시간과 노력에 대한 최소한의 예의라고 생각해도 좋다. 실패에 대한 보완점이 현재 나의 가용범위 안에 있고, 그럴 만한 가치가 있으며, 조금 더 버틸 수 있다면 아직 포기할 때가 아니다.

분명 포기할 것은 포기할 줄 알아야 하는 순간이 있다. 하지만 왜 포기하고 싶은지 꼼꼼히 따져 보고 포기하자. 도피성 포기는 안 된다. 내가 투자한 시간과 노력, 자본에 대한 가치를 저버리지 말자.

마지막까지 버티는 사람이 성공한다

남편의 배려로 재수를 하고, 1년을 오롯이 공부에만 몰두하면서 '이번이 마지막'이라는 생각은 더욱 확고해졌다. 첫 번째 불합격의 이유였던 시간과 공부량도 내가 할 수 있는 최대로 쏟아붓고 있었기 때문이다. 이게 내가 할 수 있는 최선이라는 확신이 들었다.

하지만 열심히 하면 할수록 자신감과 불안이 함께 올라갔다. 충실히 보낸 하루하루가 쌓일수록 뿌듯하면서도 '얼마나 많은 사람들이 이전부터 이렇게 열심히 하고 있었을까…?' 생각하니 또 불안해졌다. '지피지기 백전불태(知彼知己 百戰不殆)'라고 했는데 적을 알 수 없으니 다만 내가 할 수 있는 것에 최선을 다할 뿐 결과까지 장담할 수는 없었다.

또 내 노력이 운을 손깍지 끼고 데려올지도 알 수 없었다. 운은 결정적인 순간에 들려오는 천사의 나팔소리 같다. 그만큼 성공을 좌우하는 강력한 요인으로 운이 따라주지 않으면 성공하기 힘들다(당시 나는 '운은 노력의 꼬리에 달려온다는 말'에 많이 의지했다). 불공평하지

만 모두에게 그렇다는 점만은 공평하기에 불안한 마음을 조금이나마 식힐 수 있었다.

꽉 채운 1년의 수험기간을 보내면서 열심히 한 날도 있었고 그렇지 못한 날도 있었다. 공부에 속도가 붙어 평소보다 많이 했다 싶은 다음 날은 여지없이 집중력과 체력이 떨어졌다. 그렇다고 공부가 잘되는 날 체력을 남겨두는 것도 아니다 싶은 생각이 들었다. 매일 진이 빠지게 공부할 수도 없었던 내가 정착한 패턴은 '강-약-중-중'의 반복이었다. 매일 중간을 유지하고 '강, 약'은 내 컨디션에 따라 변동의 여지를 뒀다. 월별로 조금씩 다르긴 했지만 하루 10시간 정도는 꾸준히 공부할 수 있었다.

매일 최선을 다하고 있는 나에게 오늘 몇 시간 계획량을 채우지 못했다고 해서 죄책감을 심어주기는 싫었다. 공부가 잘되는 날에는 많이 하고, 안되는 날에는 머리를 쉬게 해주면 된다. 그렇다 해도 언제나 기본은 유지해야 한다. 내 컨디션에 따라 공부량이 이리저리 널을 뛰면 안 된다.

겨울-봄-여름-가을을 착실히 보내고 나면 시험이 한 달 앞으로 다가온다. 이때부터 진짜 고비가 온다. 천천히 한 계단 한 계단 밟아 올라가면 되는 것은 맞다. 그런데 마지막 한 계단의 높이는 이전 계단 하나의 10배는 되는 듯했다. 마지막 한 계단을 오르기 위해 정말이지 '젖 먹던 힘까지' 짜내야 했다.

거의 다 왔지만, 아직 다 온 것은 아니다. 하지만 숨이 턱끝까지 차오르고, 내 인내심도 바닥에 바닥을 치는 것 같았다. 슬럼프인지 번아웃인지 모를 무언가가 찾아왔다. 스트레스가 생기면 소화부터 안 되는 체질이라 밥을 못 먹었다. 제대로 못 먹으니 기운이 없고, 기운이 없으니 의지도 약해졌다. 의지가 약해지니 인내심은 바닥으로 떨어지고 '에라 모르겠다' 싶은 마음이 들었다.

종일 책상 앞에 앉아 있어도 멍하고 붕 뜬 것 같은 기분이었다. '이 정도 공부했으면 이미 결과는 정해져 있는데 뭐하러 이 고생을 하고 있나…' 그런 말도 안 되는 생각도 들었다. 천금 같은 시간을 이렇게 2~3일 흘려보내던 중 별안간 병원 일을 하던 때가 떠올랐다. 언제나 퇴사를 한 달 앞두고는 그렇게 시간이 안 가고 출근하기가 싫었더랬다. 달력에 빨간 펜으로 커다랗게 X자를 표시해가며 하루하루 버텼던 것이 생각났다.

순간 '지금 이 슬럼프가 정말 그럴싸하게 포장된 '하기 싫음'의 다른 이름이었구나' 하고 깨달았다. 순간 정신이 번쩍 들었다. 1년간의 공든 탑을 스스로 무너뜨리고 있었다. '지루함' 정도는 거뜬히 버텨낼 줄 알았는데, 지루함에 체력 저하와 불안이 겹치니 속수무책으로 당했다. 나는 다시 한번 마음을 다잡고 책상 앞에 앉았다. 그리고 책 속으로 다시 들어갔다.

'끝날 때까지 끝난 게 아니다.' 앞서가던 이에게도, 뒤쫓던 이에게도 중요한 마음가짐이다. 지금까지 잘 해왔다고 해도 끝까지 방심하

면 안 된다. 지금껏 미흡한 점이 있었다 해도 미리 포기하면 안 된다. 결승점을 통과하는 마지막 순간까지 최선에 최선을 다해야 한다. 그게 후회를 남기지 않는 유일한 방법이다. 성공을 판가름하는 잣대는 '성취'뿐만 아니라 '후회를 남기지 않는 것' 또한 포함이다. 후회 없이 했다면 성취하지 못했다 해도 다음 단계로 미련 없이 나아갈 수 있기 때문이다. 그것은 인생에서 아주 중요한 부분이며, 도전이라는 불확실성에 나를 내던질 때 필요한 최소한의 안전장치 같은 것이다,

1년을 하루 같이 집-도서관-집을 반복하며 나는 스스로가 내린 벌을 받고 있다 생각했다. 더 나은 내가 되려고 한 죄. 성장하는 삶을 살고자 한 죄. 그 죄에 대한 벌을 받고 있는 것 같았다. 매일 반복해야 하는 강의, 필기, 이해, 암기. 어느 날은 그럭저럭 할 만했다가 어느 날은 속이 뒤집어질 것처럼 답답했다. 마음으로 눈물이 난다는 심정을 처음 느꼈다. 어떻게든 지나가야 하는 이 시간의 터널이 빨리 지나가버렸으면 싶다가도 줄어드는 D-day를 보면 밀려오는 불안과 두려움에 오늘이 가지 않기를 바라기도 했다.

"지겨운가요. 힘든가요. 숨이 턱까지 찼나요.
할 수 없죠. 어차피 시작해버린 것을
쏟아지는 햇살 속에 입이 바싹 말라와도
할 수 없죠. 창피하게 멈춰 설 순 없으니
단 한 가지 약속은 틀림없이 끝이 있다는 것.
끝난 뒤엔 지겨울 만큼 오랫동안

쉴 수 있다는 것."

– SES, 〈달리기〉 중

시험이 가까워지면서 지겹고, 힘들고, 빨리 결론을 짓고 싶어 조급증을 내는 나에게 힘이 되어준 노래다. '틀림없이 끝이 있고 끝난 뒤에는 지겨울 만큼 오랫동안 쉴 수 있다'는 노랫말이 그 시기에는 무엇보다 큰 힘이 됐다. '곧 쉴 수 있다. 지겨울 만큼 오랫동안' 그 명백한 사실이 해야 할 일들을 그저 할 수 있게 해줬다.

80 대 20의 법칙이라고도 불리는 파레토의 법칙은 전체 결과의 80%가 전체 원인의 20%에서 일어나는 현상을 가리키는 용어다. 대체로 경제현상을 설명할 때 쓰이는데, 이는 '행동의 지속력'에도 연관지어볼 수 있다. 100명의 사람이 성공학 강의를 들었다고 했을 때 실제로 그 행동을 시작하는 사람은 100명의 20%인 20명 남짓이다. 그리고 다시 그 행동을 꾸준히 반복하는 사람은 20명의 20%인 4명뿐이다.

여기까지 왔다면 이미 4%에 속했다는 뜻이다. 잘하려고 애쓰면서 괜한 에너지를 낭비할 필요 없다. 그저 해오던 대로 반복하면 된다. 힘 빼고 끝까지 그냥 하면 된다. 그러면 어느새 진짜 끝이 온다.

멘탈이 전부다

멘탈, 즉 정신력은 우리가 어디서 무엇을 하든 만나는 '위기와 난관'을 극복하는 데 꼭 필요하다. 우리의 도전은 타인과의 경쟁이든, 나와의 싸움이든 결국 어려움을 이겨내고 결승점을 통과하는 것이 최종 목표다. 그러기 위해서는 멘탈 관리를 잘해야 한다. 멘탈 싸움에서 지면 모든 것이 무너지니 우리는 이 싸움에서 이겨야 한다.

그렇다면 어떻게 강한 멘탈을 가질 수 있을까? 멘탈을 관리하는 첫 번째 방법은 모든 상황을 있는 그대로 받아들여야 한다. 성공 그 자체에 너무 큰 중요성을 부여하지 말자. '반드시 성공해야 해'라는 과도한 몰입감은 오히려 성공에 독이 될 수 있다. 내가 통제할 수 없는 '결과'에 지나치게 집중하면, 오히려 그것이 나의 재능을 100% 발휘하지 못하게 막는다.

2010년 벤쿠버 동계올림픽 피겨스케이팅 여자 싱글에서 금메달을

목에 건 김연아는 한 방송에서 우승의 비결을 묻는 질문에 이렇게 답한다. “정신적인 싸움에서 제가 이긴 것 같아요. 그날의 주인공이 되지 않더라도 받아들일 준비가 되어 있다 생각했고, 전혀 불안하지 않았어요. ‘올림픽이다. 꼭 금메달 따야지’ 이런 생각은 전혀 없었어요.” (김연아 선수는 최근 인터뷰에서 실은 대범함 속에 굉장한 떨림이 있었으며, 경기 전후로 자신감을 보이려 노력했다고 이야기했다.)

임용고시 1차 시험 당일, 1교시 교육학 시험지를 받아들고 문제를 쭉 읽어보니 나름대로 무난하다는 느낌이 들었다. 그런데 키워드로 마인드맵을 그리려 하자 갑자기 머릿속이 뿌옇게 되는 것이다. 분명히 수십 번을 외우고 준비한 문제인데도 답을 쓸 수 없었다. 인출이 안 되니 갑자기 불안해졌다. 심장이 밖으로 튀어나올 것처럼 쿵쾅거리면서 손이 덜덜 떨렸다.

왼손으로 오른손을 부여잡고 1교시 끝을 알리는 종이 울리기 직전까지 답안지를 작성했다. 감독관 선생님이 내 답안지를 걷어간 후 한숨이 절로 나오며 ‘이번 시험 망했다!’라는 생각이 들었다. 그리고 쉬는 시간 동안 그 상황을 받아들였다. ‘합격은 이미 물 건너갔다. 그래도 1년 동안 고생한 거 후회 없이 남은 시험 마무리하자.’ 안 되는 것을 알았을 때는 포기가 빠른 성격도 도움이 됐다.

그리고 전공 2, 3교시는 불안이나 부담감 하나 없이 오로지 시험 자체에만 집중했다. 한 해 앞선 시험 때는 전공 문제지 한 장 한 장

을 넘길 때마다 심장이 두근거렸다. 어떤 문제가 나올까 잔뜩 긴장하고, 틀린 답을 적진 않을까 고민에 고민을 거듭하면서 최대한 간결하게 정답을 적으려고 했다.

하지만 '결과는 상관없이 지금까지 노력한 것 후회 없이 열심히만 하자!'라고 생각하니 집중이 더 잘됐고, 서술형 문제에 답을 적을 때는 '내가 이 문제를 이만큼 알고 있다'라는 것을 어떻게든 이해시켜 보고자 최선을 다해서 답안지를 작성했다.

결과는 1차 합격이었다. 내심 기대했던 작년은 1차부터 불합격이었는데, 포기하고 마음을 비우고 있었더니 합격이라는 결과가 나왔다(물론 노력한 시간도 능력도 많이 달라진 덕분이겠지만, 시험에 대한 내 마음가짐이 극명히 달랐던 점을 말하고 싶다).

멘탈을 관리하는 두 번째 방법은 예상치 못한 상황을 미리 예상하고 차선책을 준비하는 것이다. 김연아는 점프를 뛸 때 실패할 수도 있음을 늘 염두에 두고 '실패하면 이렇게 해야지'라고 플랜 비를 준비했다고 한다. 세계피겨선수권 대회에 참여했던 그는 첫 번째 점프에서 실수하면서 7점을 감점당했지만, 미리 이런 상황을 생각해둔 덕에 다음에 바로 더블점프를 추가하고 실점을 만회했다.

나는 임용고시 2차 면접 당일 헤어와 메이크업을 받기 위해 미리 예약해둔 숍이 문을 열지 않아 당황했던 기억이 있다. 숍에서 전화도 받지 않아 결국 집으로 돌아가야 했는데, 나중에 연락이 와서는 늦잠을 잤다고 했다. 본인도 처음 있는 일이라면서 너무 죄송하다고 다시 와줄 수 있냐고 하는데 당연히 다시 갈 수 없는 상황이었다. 집에서 30분 거리였는데 면접 당일에 왕복 1시간을 허비한 것이다.

그러나 나는 이런 상황을 미리 상상했었다. '너무 이른 시간이라 늦잠을 자서 못 나올 수도 있으니 만에 하나 그런 일이 생기더라도 당황하지 말고 이렇게 대처하자.' 이렇게 일이 잘못될 수 있는 상황을 미리 생각해둔 덕에 크게 당황하지 않았고, 얼른 집으로 돌아가 셀프 메이크업 후 시험장으로 출발했다(사실 면접이라고 해도 숍에 안 가는 분들이 더 많은 것 같았다).

멘탈을 관리하는 세 번째 방법은 하찮아 보이는 성공에도 감사하는 것이다. 2020년 마스터스 토너먼트 최종 라운드에서 전년도 챔피언 타이거 우즈(Tiger Woods)의 성적은 처참했다. 공을 세 차례나 물에 빠뜨리면서 10타 만에 홀아웃을 당한 그는 공동 38위로 경기를 마무리하며 이런 소감을 남겼다.

> "이 스포츠는 때로 끔찍하게 외롭다.
> 혼자서 끝까지 싸워야 한다.
> (다른 스포츠처럼) 누가 마운드에서 내려주거나 교체해주지 않는다."

이후 2021년 2월에 그는 차량 전복 사고로 대회에 미출전했지만 2022~2024년까지 부진한 성적에도 꾸준히 마스터스 토너먼트에

참가하고 있다. 그는 이 대회에서 총 5번의 우승을 한 마스터스의 제왕이지만 2024년도 순위는 60위. 꼴찌였다. '앞으로도 그의 새로운 기록이 계속 세워질지 기대된다'는 조롱 섞인 기사가 기억에 남는다. 확실히 그의 실력은 예전 같지 않다. 하지만 부진한 성적에도 끝까지 최선을 다하는 '골프 황제'의 플레이는 뜨거운 박수를 받아 마땅하다.

예전의 나는 잘할 것 같지 않으면 시도조차 않는 편이었다. 무언가를 '못하는' 나를 받아들이기 힘들었고 싫었다. 그래서 어떤 상황에서든 '잘'하려고 애썼고 잘하는 줄 알았다. 하지만 어느 시점에 깨달은 것은 내가 나를 잘할 수 있는 상황에만 데려다 놓았다는 것이었다. 사람은 누구나 취약한 부분이 있고, 잘하던 것도 못할 때가 있다. 잘할 수 있을 때 가지는 여유와 강인함은 강한 멘탈이 아니다. 잘되지 않을 때, 비난받을 때, 관심받지 못할 때도 의연하게 해야 할 것들을 해내며, 그 끝에 오는 결과에 감사할 줄 아는 사람이 진짜 강한 멘탈의 소유자다.

2022년 MBC 방송연예대상에서 공로상을 받은 이경규는 다음과 같이 수상소감을 남겼다.

"많은 분들이 이야기합니다.
'박수 칠 때 떠나라.'

정신 나간 놈입니다.

박수 칠 때 왜 떠납니까?

한 사람이라도 박수를 안 칠 때까지 활동하도록 하겠습니다!"

내 인생이라는 무대에서 스스로 퇴장하지 말자. 잘할 때도 있고 못할 때도 있다. 우리가 무엇을 성취했든 성취하지 못했든 상관없이 우리는 존중받아 마땅하다. 누구든 환경이 바뀌고 스스로 마음만 먹으면 자신을 변화시킬 수 있다. 아무리 힘든 상황일지라도 자기비하를 멈추고 스스로를 존중해야한다. 그것이 강한 멘탈을 만들고, 강한 멘탈이 모든 것을 좌우한다.

4장

임용고시 합격한 엄마의 공부법

시간 관리는
공부의 시작이다

시간은 언제나 소중하지만 특히 몰입을 위해 사용하는 시간은 어느 때보다 중요하다. 더군다나 엄마라면 소중한 아이들과 함께 보낼 시간까지 나의 꿈에 사용하는 것 아닌가? 공부의 시작은 '시간을 관리하는 것'부터다. 엄마는 절대적으로 시간이 부족하니 시간을 나누고, 쪼개고, 빌려와야 한다. 그래야 계획을 세울 수 있고, 계획을 세워야 내가 가려는 목적지를 잊지 않고, 잘 도착할 수 있다.

계획은 나의 의지와 집중력을 물리적으로 나타내는 수단이자 도구다. 또한 계획이 틀어졌어도 하루하루의 상황에 맞게 수정, 보완하며 꾸준히 노력하는 과정이 나의 의지와 집중력을 높여주기도 한다. 그러니 가장 먼저 나의 공부 시간을 최대한 확보하고, 나머지 시간에는 간결한 생활을 유지하려는 자세가 필요하다.

먼저 24시간 중 공부에만 전념할 수 있는 시간이 얼마나 되는지 계산해본다. 나는 남편의 배려로 재수하는 1년 동안은 오롯이 공부에만 집중할 수 있었다. 그럼에도 자잘한 업무 처리, 꼭 챙겨야 하는 집안 대소사, 최소한의 살림, 내가 먹고 씻고 자는 데 필요한 시간까지…. 이래저래 따지니 책상 앞에 앉을 수 있는 시간은 12~13시간 남짓으로 훅 줄어들었다. 어렵게 얻은 시간인 만큼 최대한 효율적으로 써야 했다.

엄마의 수험생활에서 챙겨야 할 2가지 시간 관리 노하우가 있다. 첫 번째는 내게 꼭 필요한 수면시간을 찾고, 그 시간만큼은 숙면을 취하는 것이다. 어느 날 공부가 잘된다고 새벽까지 무리하면 다음 날 컨디션은 어김없이 '꽝'이다. 이렇게 바닥을 친 컨디션이 원래대로 돌아오려면 몇 날 며칠이 더 걸릴지 모른다.

내게 꼭 필요한 수면시간이란 낮 동안 집중력을 유지하며 효율적으로 학습하도록 돕는 최적의 시간을 말한다. 사람마다 체력과 생체리듬이 다르기 때문에 적당한 수면시간에 정답은 없다. 본인이 수면시간을 여러 차례 바꿔보면서 자신에게 꼭 맞는 시간을 찾아야 한다. 참고로 한국인의 평균 수면시간은 6시간 30분~7시간 30분 정도라고 한다.

또한 수면은 낮 동안 학습한 내용들이 뇌세포들 사이에 견고하게 자리 잡도록 돕는다. 새로운 내용을 공부한 후 적극적으로 회상하면 뇌신경세포(뉴런)의 돌기들이 새롭게 자라고 가시가 돋는데, 이러한 현상이 활발히 생겨나려면 '수면'이라는 중간 과정이 필요하다.

발달한 돌기 가시들은 뉴런과 뉴런 사이를 연결하는 시냅스가 되고, 이러한 결합이 튼튼해질수록 공부한 내용을 더 쉽게 떠올리고 인

출해낼 수 있다. 잠이 보약이라는 말이 있다. 숙면은 우리 신체와 정신건강에 꼭 필요하기도 하지만, 배운 내용을 잊지 않고 더 잘 기억하기 위해서도 반드시 필요하다.

두 번째는 나만의 루틴을 만드는 것이다. 생활루틴, 공부루틴 2가지 모두 필요하다. 루틴은 권태나 뜻밖의 좌절 혹은 시련이 닥친 순간에도 일상을 정상궤도로 유지할 수 있게 해준다. 하기 싫다는 생각이 들기 전에 몸이 먼저 반응할 수 있는 루틴을 만들고, 이것을 습관화하는 것이 중요하다.

루틴은 '시스템'이다. 루틴을 만들어 습관화하는 것은 초기에 견고한 시스템을 구축해 조직에 위기가 닥쳐도 전체가 흔들리지는 않게 하는 것과 같다. 인간의 의지는 실낱같다고 한다. 지금의 강한 의지와 열정도 한 번에 꺾어버릴 수 있는 장애물들이 생활 곳곳에 널려 있다. '내일의 나'를 믿을 것이 아니라 오늘 1% 더 견고해진 내 습관을 믿어야 한다.

나는 외출할 때 집 안 정리를 끝내놓고 나서는 편이라 시간이 오래 걸린다. 수험생활을 할 때도 마찬가지였다. 눈 뜨면 씻고, 집 안 정리하고 아침 식사와 아이들 등교 준비를 한다. 내가 먹을 도시락도 챙겨야 하는데 '누가 해줬으면…' 하는 마음이 굴뚝같았다.

오늘 공부할 교재는 빠짐없이 챙겼는지도 꼼꼼히 봐야 한다. 나는 꽤 오랫동안 무거운 책가방을 메고 다녔다. 오늘 하루의 책임감과 무게감을 몸으로 직접 느껴야겠다고 생각했기 때문이다. 사물함을 사용하면 실제로 가방도 가볍고, 편했지만 나도 모르게 마음까지 가벼워져 석연치가 않았다. 하지만 그것도 9월쯤이 됐을 때는 관뒀다. 굳이 무거운 가방을 메지 않아도 머리에서 빨간불이 들어와 매일이 긴장의 연속이었기 때문이다.

그렇게 모든 준비를 끝내고 현관문을 나서면 공부 시작도 전에 힘이 쭉 빠졌다. 도저히 안 되겠다 싶어 5~6월부터는 많은 집안일 목록을 버리기로 했다. 집안일은 또 다른 집안일을 부른다. '내 눈에는' 더러워도 그냥 포기하고, 꼭 해야 하는 일은 남편에게 부탁했다. 내 하루의 첫 번째 목표는 기상 후 30분 내에 공부 장소에 도착하는 것이었다.

이때부터는 가방, 도시락 등 필요한 것은 모두 전날 준비해놓고 잤다. 미리 챙길 수 있어야 하니 식사가 매우 간단해졌다. 저녁은 집에 가서 아이들과 먹었는데, 9월부터는 저녁도 점심처럼 간단히 해결했다. 시험 100일 전 즈음부터는 내일 입을 옷을 미리 입고 잤다. 아침에 이부자리에서 나오는 것과 잠옷 대신 외출복으로 갈아입는 것이 갈수록 고단해졌고, 그런 기본적인 것에까지 내 의지력을 사용하기 싫었기 때문이다. 입고 잔 옷이 불편해 이부자리에서 나오는 것도 더 수월했고, 생각보다 효과가 좋았다.

머리카락은 어깨까지 오는 길이가 딱 좋았다. 단발은 너무 짧아 묶이지 않으니 거추장스럽고, 긴 머리는 감고 말리는 데 시간이 오래 걸리기 때문이다. 사람은 당연히 가족 외에 거의 못 만났다. 1시간

정도는 괜찮다고 생각할 수 있지만 그렇지 않다. 약속 시간이 다 되어갈 때부터 집중력이 떨어지고, 약속에서 돌아온 후에도 바로 집중이 되지는 않는다. 친구는 1시간만 만났어도, 나는 최소 2~3시간을 잃어버리는 것이다.

공부법에도 자신의 노하우를 적용해 루틴을 만들었다. 어렵게 확보한 시간이니만큼 최대한 효율적으로 써야 했다. 먼저 자기 전에 그날 공부한 내용을 키워드 혹은 암기법 등을 적용해 정리하고, 이것을 한 번 읽고 복습한다. 다음 날 일어나면 바로 전날 공부한 내용을 떠올려 보고 메모를 확인한다. 공부 장소로 이동하면서는 그날 아침 공부를 시작한다. 공부 순서는 교육학 다음 전공이다(실제 시험순서와 같다). 10~15분 정도 소요되는 이동 시간 동안 주로 강의를 듣고, 도착하면 바로 자리에 앉아 계속 강의를 듣는다. 책상 앞에 앉아서 가방, 필통, 책을 꺼내면서 5분, 10분 흘려보내고 숨 고르고 책으로 들어가려고 하면 최소 10~15분은 없어진다. 막상 공부를 할 때는 이 자투리 시간도 참 크다. 그렇게 한두 강의를 듣고는 바로 복습하고, 책의 가장자리 여백에 키워드를 적는다.

그러면 대략 시간이 오전 9시쯤 된다. 이때부터 3~4시간이 하루 중 집중이 제일 잘될 때이니 전공 공부를 한다(시험이 가까워지면 시험 일정과 똑같이 공부한다). 전날 공부한 내용으로 단권화를 하거나, 모의고사 시험을 풀어 보는 등 적극적인 능동학습을 한다. 점심 이후로는 전공 강의를 듣고 리뷰와 키워드 정리를 한다.

처음에는 '몇 시간 정도 공부해야 합격할 수 있을까?' 하는 생각에 사로잡혔다. 그러다 어느 순간 그런 생각을 집어치웠다. '할 수 있는 최선을 다해도 결과를 장담할 수 없는데, 내가 무슨 배부른 생각을 하고 있는 거지?' 싶었기 때문이다. 그래서 오늘도 어제와 비슷한 컨디션으로 적당한 집중력을 유지할 수 있는 공부 시간을 찾아 할 수 있는 최선을 다했다.

물론 수험기간 1년 내 그렇게 하지는 못했다. 공부가 잘된 날도, 그냥 그럭저럭 할 만했던 날도, 하루 종일 죽을 쑨 날도 있었다. 하지만 시험일이 다가올수록 압박감은 2배, 3배로 늘어나며, 스스로 딴짓을 허용하는 범위도 확 줄어들었다.

'이렇게까지 해야 하나? 나는 자신도 없고 의지도 없어.' 이런 걱정은 잠시 미루어도 좋다. 시작하기 전까지는 내가 얼마나 열심히 할 수 있을지 알지 못하기 때문이다. 시간을 관리하지 않으면 시간이 당신을 관리한다. 시간 관리가 진짜 공부의 시작이다.

1년을 좌우할 강의 잘 선택하는 방법

'꼭 강의를 들어야 할까?' 처음 공부를 시작할 때 이런 생각을 잠시 했다. 내 상황에… 그것이 얼마나 무모한 판단인지 체감하고 독학은 곧 포기했지만 말이다. 그렇다면 강의를 들어야 하는데 어떤 강의를 선택해야 할까? 우선 블로그나 카페에서 정보를 모으고, 어느 학원에 있는 어떤 강사가 좋은지부터 알아봐야 했다.

무려 15년 전 수험생 시절을 떠올리며 '내가 어떤 강사의 수업을 들었더라…' 기억을 더듬어 봤다. 이름 석 자가 희미하게 떠올랐고, 검색해보니 아직 강의를 하고 있는 것이 아닌가! 반가운 마음이 앞섰지만 바로 선택할 수는 없었다.

그럼 잘 모르니 제일 수강생이 많은 강사를 선택할까? 하지만 그것도 선뜻 내키지 않았다. 앞으로 1년의 시간을 함께 가야 하고, 또 그 시간은 내 인생 절체절명의 순간이니 어느 때보다 신중해야 하고 잘 선택해야 했다. 비용도 비용이지만 기본이론 강의부터 시작하는 1년 수업과정은 학습 내용이 방대하기 때문에 번복도, 중복도 안 된다(최근에는 강사 선택 후 한 달 안에는 변경할 수 있는 혜택을 주는 강좌도 있다).

우선 각 학원의 홈페이지에 들어가서 샘플 강의를 들어 본다. 유명한 강사라고 점수를 더 주거나 무조건 선택해서는 안 된다. OT와 샘플 강의를 들어 보면 대략 느낌이 온다. 그 느낌에 따르는 것이 100% 옳은 선택이라고 할 수는 없지만 강의를 들으면서 계속 거슬리는 부분이 있다면, 아무리 적중률이 높고 키워드 정리를 잘해준다 해도 무용지물이다. 나는 총 세 분의 강사님을 염두에 두고, 가장 큰 단점이 있는 분을 제하는 방식으로 선택했다.

우선 가장 유명하다는 강사의 수업은 두문자, 연상법 등을 적용해 암기하기 쉽게 정리해준다는 장점이 있었지만, 반복을 많이 해서 기본이론 강의 시간이 길다는 단점이 있었다. 강의 내내 학습 내용을 반복해서 짚어주는 것이 장점이기도 하겠으나 시간이 부족한 내게는 단점으로 와닿았다. 두문자나 연상법도 나의 인지구조에 적합한 것으로 내가 직접 만드는 것이 더 좋았기 때문에 내게 큰 장점은 아니었다.

두 번째로 유명한 강사는 나와 공부 스타일이 맞지 않았다. 정확히 말해 내 역량이 그에 못 미쳤다. 공부의 깊이와 넓이가 남달라서 학문을 하기에는 적합하다 싶었지만, 한정된 자원을 가지고 시험에 통과해야 하는 나로서는 내 공부를 하기는커녕 1년 커리큘럼조차 따

라가기 힘들겠다는 생각이 들었다.

마지막 강사의 수업방식은 하나부터 열까지 세세하게 짚어주지는 않았지만, 중요한 단락과 올해의 출제 포인트를 알려줘서 좋았다. 설명도 중언부언하지 않고 깔끔했다(그런 부분이 허술하게 느껴져서 선호하지 않는 수험생도 많다). 결국 공부는 스스로 하는 것이고, 강사는 방향을 잡아주고, 최근의 이슈를 짚어내는 안목이 중요하다고 생각해 마지막 강사의 수업을 선택했다. 15년 전과 같은 강사님이었다. 오랜 시간 자리를 지키고 있는 꾸준함 또한 믿음이 갔다.

이렇게 1년의 커리큘럼을 따라갈 강사를 선택했다면 기본강의부터 착실하게 공부하면 된다. 수험생활 1년 차 때는 모의고사반부터 시작했기 때문에 기초가 부족했고, 모래 위에 성을 쌓는 것처럼 불안했다. 딱 1월부터 각 잡고 시작하는 공부이니 전공이나 교육학 모두 기본개념 정리부터 착실하게 다져가면서 자신감을 쌓아가는 것이 이 시기의 목표였다.

또 공부를 하다 보면 '이게 맞나?' 하는 의문이 들 때가 있다. 누구나 장점과 단점이 있기 마련이니 최종 선택 후 강의를 듣다 보면 나와 맞지 않는 부분이 생긴다. 강사가 처음 시도하는 수업방식과 맞물려 강의를 듣게 되면 서로 혼란스러울 수 있다. 바꿀 수 있다면 한 번 쯤은 바꾸는 것도 좋지만 그럴 수 없다면 끝까지 믿고 가야 한다. 불평, 불만을 품고 신뢰하지 않는 강사와 남은 수험기간을 함께하는 것은 누구보다 자신에게 마이너스다.

나와 맞는 강사를 선택하는 것은 물론 중요하다. 하지만 그보다 더 중요한 것은 서로 필요한 것을 잘 주고받고자 하는 마음가짐, 또 그럼으로써 좋은 결과를 이끌어낼 수 있다는 믿음이다. 힘든 부분이 있다면 SNS나 문자, 밴드 등 수강생과 강사가 직접 소통할 수 있는 수단을 활용해 적극적으로 표현해야 한다. 강사는 수강생들의 피드백을 자신의 수업에 반영하며 더 좋은 강의를 만들 수 있다.

3~4개월간의 기본이론 강의를 마무리하면 영역별 모의고사 과정에 들어가는데, 이때 나는 수강생이 가장 많다는 1타 강사의 강좌를 추가했다. 영역별 모의고사에서는 문제유형이나 출제경향을 최대한 많이 접해야겠다고 생각했기 때문이다.

7~8월부터는 날씨도 더워지고 기본이론을 다 마무리했기 때문에 자칫 느슨해질 수 있는데, 이런 때에 강의를 늘리니 더 많은 문제를 접할 수 있는 것은 물론이고, 마음이 늘어지는 것까지 다잡을 수 있어서 좋았다. 하지만 문제 해설 강의부터 듣게 되니 사용하는 용어나 학습의 방향이 기존의 강사와 조금 다르고, 그것이 내 머릿속에서 겹쳐져 우왕좌왕하기도 했다.

이제 와서 누구를 따라가야 하나 혼란스러울 수 있지만, 자신의 기준과 잣대를 명확하게 세우고 흔들리지 않는 것이 중요하다. 강의를 추가로 듣는 것은 문제의 형식을 많이 다루고 접해보기 위함인 것을 명심해야 한다. 나만 모르는 정보가 있을까 하는 불안함을 달래기 위

해 추가로 문제풀이 강의를 듣는 것인데 그것이 또 다른 불안을 만들면 안 된다. 특히 다른 쪽 강사 수강생들의 실력과 스스로의 실력을 비교하며 불안해하지 말자.

그럼에도 시장 조사는 필요하다. 나의 경쟁상대가 될 수험생들은 어느 정도 답안을 작성해내는지 알 필요가 있다. 특히 9월 즈음에 들어서면 이것이 중요하다. 그래서 9월 통합모의고사 과정부터는 남은 한 명의 강의까지 다 들었다. 결국 9월부터는 강사 세 명의 강의를 들으면서 공부했다.

첫 번째는 내가 가장 재미를 붙이고 오래도록 잘 따라갈 수 있는 강사, 두 번째는 문제를 다양하고 많이 만들며 외우기 쉽게 정리해주는 강사를 선택했다. 세 번째는 하나의 개념을 가르쳐도 처음부터 끝까지 예상할 수 있는 모든 범위의 문제를 다루는 꼼꼼한 강사를 선택했다. 수강생들의 답안지를 보고 완성도가 어느 정도인지 파악하기 위해서였다. 경쟁자들의 실력을 가늠하고 최소한 그에 버금가는 실력을 갖추는 것은 상대평가를 받는 수험생의 불안을 낮추고, 자신감을 쌓아가는 데 중요한 요소다.

이렇게 시기별로 강의를 추가해서 들으면 힘듦의 강도가 점진적으로 늘어나기 때문에 나름대로 할 만하다. 또 시험일이 다가올수록 각성수준이 올라가기 때문에 공부량을 의도적으로 또 거부감 없이 늘려주는 것이 중요한데, 그러기 위해서도 이 방법이 제격이다. 다만 강의마다 내가 취할 것이 무엇인지 명확한 목적성을 가지고 접근해야 한다. 그것 외에는 신경 쓰지 않고, 버릴 것은 버릴 줄 아는 배포가 필요하다. 강사마다 강조하는 부분도 조금씩 다르고 포인트가 다르기 때문에 이런저런 말에 휘둘리며 자신의 부족한 부분만을 신경쓰면 갈수록 멘탈이 흔들리고 포기하게 된다.

1년을 좌우할 강의는 물론 잘 선택해야 한다. 하지만 그전에 자신의 공부방법과 실력을 잘 알아야 한다. 자신에게 맞는 강사를 선택하고, 믿고, 따라가고, 적극적으로 소통하며 얻을 수 있는 것을 최대한 얻는다. 부족한 부분이 있다면 다른 강사의 도움도 받는다. 강사마다 강점과 약점이 다르다. 그 점을 알고, 어떤 강의를 듣더라도 약점보다 강점에 집중해서 유연하게 대처하며, 내 공부에 긍정적으로 적용한다면 합격으로 가는 확실한 발판이 되어줄 것이다.

합격이 보이는
엄마의 년·월·일 공부 계획

'시험 전날 모든 내용을 볼 수 있으면 그 시험은 합격한다'라는 말이 있다. '시험 전날 모든 내용을 본다'라는 말은 반복에 반복을 거듭해 방대한 학습 내용을 숙달했고, 덕분에 전체 내용을 빠르게 회상하고 인출해내는 것이 하루 만에 가능해졌다는 것을 뜻한다.

'하루 몇 시간을 공부해야 그 정도 수준에 이를 수 있을까?' 처음 시작할 때는 모든 것이 막막하고 '무엇을, 어떻게 할 것인가?' 하는 문제가 화두다. 이전의 경험치가 전혀 없던 내게 도움이 된 것은 앞선 합격자들의 합격수기였다. 절대적인 기준은 아니지만 그들의 생활 패턴이나 하루 공부 시간, 학습 노하우 등을 꼼꼼히 적어둔 합격수기는 내게 수험생활의 기준점이 됐다. 특히 같은 처지에 있는 '엄마의 합격수기'는 더욱 공감이 가고, '나도 할 수 있다' 하는 자신감을 심어줬다.

'합격'이라는 결과는 내가 통제할 수 없기에 1년 공부의 목표로는 적당하지 않았다. 나는 내가 통제할 수 있는 것에만 집중하고, 최선을 다하기 위해 애썼다. 그래서 내 1년 공부의 목표는 '시험 전날 모든 내용을 다 본다'로 정했다. 결과는 내가 정할 수 없고, 수험기간을 어떻게 보내느냐 하는 그 과정만이 내 몫의 빈칸으로 주어졌기에 나는 그저 매일의 빈칸을 충실히 채워나가야 했다.

시험 전날 모든 내용을 다 보려면 어떻게 공부해야 할까? 나는 '1년 동안 총 10회독 하기'를 하위목표로 정했다. 물론 모든 내용을 완벽히 회독하지는 못했다. 다만 시험 한 달 전부터는 회독 스케줄을 철저히 지키며, 전체 내용을 꼼꼼히 보려고 노력했다.

스케줄 예시

- 1~3월 1회독
- 4~5월 1회독
- 6월 1회독
- 7~8월 1회독
- 9~10월 1회독
- 시험 한 달 전 2주 동안 1회독
- 시험 2주 전 일주일 동안 1회독
- 시험 일주일 전 3일 동안 1회독
- 시험 3일 전 이틀 동안 1회독
- 시험 전날 1회독

1년을 이렇게 알차게 보내려면 무엇보다 꾸준해야 한다. 뉴런의 시냅스는 사용하지 않으면 금방 사라진다. 쓰지도 않는데 뇌 공간을 차지하고 있으니 없애버리는 거다. 우리 뇌는 효율적이면서 똑똑하다. 그렇기 때문에 회독이 중요하다. 완벽하게 암기했다 하더라도 계속 반복해야 한다. 꾸준해야 한다.

하지만 회독에도 공백이 필요하다. 철근과 콘크리트로 한 층 한 층 건물을 지을 때, 철근 사이 부은 콘크리트가 단단해질 시간이 필요한 것처럼 학습한 뒤 약간의 망각을 위한 시간이 필요하다. 어렵게 기억해낸 내용일수록 더 기억에 오래 남는다.

1년의 공부를 크게 '10회독 하기'로 정하고 월별 공부 계획을 세운다. 좀 더 구체적으로 한 달 내 복습주기를 대략 정해두는 것이다. 에빙하우스 망각곡선에 따르면, 처음 학습 후 20분 뒤 학습한 것의 약 42%를 잊고, 1시간 뒤 56%, 하루 뒤 74%, 일주일이 지나면 80%를 잊는다고 한다. 에빙하우스의 망각곡선은 무의미한 철자와 단순 암기를 대상으로 실험했기 때문에 망각률이 이처럼 급락하지만, 이해를 바탕으로 한 학습일 때는 이 정도로 급락하지는 않는다. 하지만 처음 학습만큼이나 중요한 '복습은 언제 하는 것이 좋을까?'라는 질문에 이는 유용한 데이터가 된다.

나는 이 망각곡선에 힌트를 얻어 나만의 복습주기 '1111'을 만들고 이에 따라 복습했다. 공부를 끝내고 '10분 이내-1일 이내-1주 이내-1달 이내' 복습하는 것을 원칙으로 하는 것이다. 방법은 간단하다. 한 과목을 끝내면 바로 키워드를 정리하고, 머릿속으로 한 번 떠올려본다. 다음으로 자기 전에 오늘 한 공부 내용을 복습하면서 마무리한다. 일요일은 한 주 동안 공부한 내용을 복습하는 날이다. 그리고 한 달의 마지막 주말에는 (다음 달의 1, 2일이 될 수도 있다) 그 달에 배운 내용을 모두 복기해본다.

인출은 쉽지 않다. 내용이 정확해야 하고 머릿속의 여러 폴더 중 어디에 있는 내용인지 빠르게 잘 파악해야 한다. 인출해야 하는 내용이 어떤 맥락에서 나왔는지 아는 '구조화'를 잘해야 한다. 구조화는 목차를 외우거나 마인드맵을 그려가며 할 수 있다.

또한 나선형 구조로 심화학습을 해야 한다. 처음부터 완벽하게 보려고 하면 안 되고, 처음 1~2회독 시에는 최대한 빠르게 내용의 50% 이상 습득하는 것을 목표로 해야 한다. 그리고 3~5회독 시에는 목차를 외우고 거기에 해당하는 키워드, 중요한 암기 내용 등을 입력하는 방식으로 공부한다. 다음 6~7회는 뼈대에 살을 붙이고 디테일하게 학습한다. 8회독 이상에서는 다시 뼈대 위주로 적극적으로 기억을 회상하며, 키워드를 인출하는 연습을 한다. 또 중요하지 않은 내용은 이때 버린다. 8회독쯤 되면 시험이 막바지이기 때문에 필요 없는 내용을 잘 버리는 것도 회상하고 인출하는 것만큼이나 중요하다.

마지막으로 가장 중요한 것은 하루의 계획이다. 나는 확보한 시간 중 공부에 최대로 집중한 날은 12~13시간 정도를 공부했고, 반대로

겨우 버텼다 하는 날은 6~8시간 정도를 공부했다. 아침에 이동하면서 공부를 시작하는 것과 도서관에 도착하고, 책상에 앉아 책, 노트북, 필기구, 물, 스탠드 필요한 것들을 다 세팅하고 '공부 시작!' 하는 것은 놀랍게도 대략 1시간 정도 차이가 난다. 그러니 이동하면서부터 공부하는 습관을 들이는 것은 부족한 엄마의 시간을 아끼기 위해 꼭 필요한 습관이다.

또 공부력을 늘리려면 이제 정말 한 글자도 더 못 보겠다 싶은 순간에 '딱 5분만 더' 혹은 '딱 한 장만 더' 보고 책을 덮는 습관을 들여야 한다. 운동도 그렇듯 '정말 더는 못하겠다' 싶은 순간에 한 번 더 할 때 근육이 만들어진다.

그리고 내가 가장 중요하게 생각한 것은 '오늘 아무리 공부가 안 되고 집중이 안 되어도 가방 싸고 집에 가지 않는 것'이었다. '책상 앞에서 멍 때리며 시간을 죽일 바에는 집에 가서 아이들과 함께 놀아주는 것이 훨씬 생산적이지 않나?' 하는 생각에 몇 번은 일찍 집에 갔다. 하지만 막상 집에 가니 대놓고 그날을 포기해버린 것 같아 스스로를 자책하게 됐고, 생각만큼 아이들에게 다정한 엄마가 되지도 못했다.

'제 역할도 다 못하면서 헐크 엄마나 되다니… 이럴 바에는 그냥 책상 앞에서 시간을 죽이는 것이 나았어'라는 결론에 몇 번 도달하고 나니, 책상 앞에 앉은 날 유독 외롭고 서늘한 마음이 들어도 꾹 참고 자리를 지키게 됐다. 그러면 어느새 그럭저럭 공부가 되기도 했고, 꼭 그렇지 않다 해도 '잘 참았다. 잘 했다' 하고 스스로를 칭찬하게 됐다.

계획을 세우지 않는 것은 실패를 계획하는 것이라고 한다. 또 계획을 보면 결과가 보인다고도 한다. 그런데 사실 나는 계획 세우기를 좋아하지 않는다. 아니 계획을 세우는 것이 힘들고 어렵다. 오늘의 공부 계획을 짜는 것만으로도 남은 에너지의 절반은 쓴 것 같다.

내 다이어리에는 남는 칸이 많았다. 그날 공부할 과목과 단원만 간단히 적어두는 편이었고, 공부량은 '조금 많다' 싶을 만큼 정했다. 그래서 늘 계획한 것의 80% 정도만 실천할 수 있었다. 그게 마음에 안 들어서 어느 날은 100% 할 수 있을 정도만 계획을 세웠는데, 그래도 그 계획의 80%밖에 못하는 것은 여전했다(다 할 수 있을 것 같으니 마음이 여유로워지고 느긋해져서 결국 다 못했다). 또 계획을 100% 실천했을 때 그렇게 뿌듯하지가 않았다. 더 할 수 있었는데… 하는 석연찮은 생각이 들었기 때문이다.

미완성으로 하루를 마감한 밤이 내일의 열정을 다지게 했던 것 같다. 계획을 잘 세우는 것보다 더 중요한 것은 실천이다. 아무리 완벽한 계획이라도 실천하지 않으면 무용지물이고, 다소 허술한 계획이라도 꾸준히 실천하고 보완해가면 그것이 성공으로 가는 길이 될 것이다.

초효율
노트필기법

공부를 잘하면 노트필기를 잘하고, 노트필기를 잘하면 학습 능력이 오른다. 타이핑보다는 손으로 직접 필기하는 것이 더 좋다. 뉴런의 시냅스 생성과 결합이 활발해져 학습 내용이 장기기억으로 더 잘 보관되기 때문이다.

임용고시는 시험범위가 방대하기 때문에 핵심 내용 위주로 추려서 빠르게 회독하기 위한 단권화 과정이 꼭 필요하다. 하지만 단권화는 만만한 작업이 아니다. 시간과 노력이 많이 들기 때문에 '할까 말까?' 고민이 될 수밖에 없다. 그러니 단권화는 본인의 상황에 맞게 선택해야 한다. 단권화 노트를 따로 만들지 않고 기본교재로 핵심 정리하며 공부해도 합격할 수 있고, 멋지게 단권화 노트를 만들어도 불합격할 수 있다. 하면 힘들고 안 하면 불안한 단권화의 쓸모는 만드는 과정에서 학습 내용을 스스로 인출해보고, 중요한 내용을 빠르게 반복해서 회독하기 위함 외에는 없다.

사실 시험장에서는 단권화 노트를 볼 여력이 거의 없기 때문에 시험 3~4일 전쯤에 중요한 내용들을 한 번 더 정리해야 한다. 나의 경우에는 그렇게 만든 파일이 A4용지 앞뒤로 5~6장 정도 됐다. 시험 당일 사용할 단권화 노트는 이렇게 쉬는 시간 동안 전체 다 빠르게 훑어볼 수 있을 정도의 양이 좋다.

첫해에는 요령이 없어서 단권화를 바로 시작했다. 고민 없이 단권화 노트를 만든 이유는 아마 9월부터 공부를 시작한 탓에 심적으로 시간에 쫓겼던 것과 서브 노트가 꼭 있어야만 했던 이전의 공부 습관 때문인 듯했다.

그러나 단권화는 1~2회독 때부터 시작하면 거의 실패한다. 중요한 내용이 무엇인지 파악해 간추리기 힘들고, 핵심 내용마저 제대로 암기가 안 된 상태이기 때문에 기본서를 그대로 보고 베끼는 수준에 그치기 때문이다. 그러다 보면 쏟아붓는 시간과 노력에 비해 공부는 전혀 안 되고 있다는 생각이 들어 바로 포기하게 된다.

그러니 단권화는 기본서를 최소 3회독 이상 한 후 기출문제와 영역별 모의고사 과정을 모두 마친 후에 해야 한다. 이때는 기본개념이 어떻게 문제에 적용되어 출제되는지 파악이 됐고, 중요한 내용은 암기도 해나가고 있는 상황이다. 중요한 내용을 기본서에서 간추려 낼 수 있는 안목도 생기고, 문제에 답을 적어가는 과정도 기본서를 보고 베껴 적는 것이 아니라 적극적으로 기억을 떠올려 적어 보는

능동학습을 하게 된다.

나의 경우 단권화 노트는 조금 늦은 감이 있는 9~10월에 걸쳐 만들었다. 첫해에 단권화 노트를 만들면서 헤매고 힘들어 했던 것에 비해 훨씬 수월하고 학습 효과도 컸다. 이렇게 만든 단권화 노트는 스프링노트 2권 정도의 분량이었고, 11월 한 달간은 단권화 노트를 위주로 여러 번 훑어봤다.

교육학은 단권화 노트를 만들지 않았다. 전공은 단답형과 서술형으로 출제되기 때문에 단권화 노트를 작성해가면서 정확한 단어를 인출해보는 연습이 의미가 있었다. 하지만 교육학은 논술형으로 출제되기 때문에 키워드를 포함해 논술문을 여러 번 작성해보는 것이 중요했다.

교육학은 단권화 노트를 따로 만들지 않고, 교재의 양쪽 여백에 해당 페이지의 중요한 내용, 키워드, 두문자 등을 적는 방식으로 정리했다. 그렇게 2~3회독이 끝나면 책을 모두 분리해 중요한 파트 우선으로 순서를 다시 정렬했다. 또 회독 수가 늘어날수록 중요한 내용을 추려낼 수 있으니 버려도 된다고 생각되는 부분은 스프링노트에서 빼냈다. 그렇게 기본서를 간추리다 보니 나중에는 분량이 2/3 정도로 줄어들었다.

그렇게 간추린 교재로 회독 수를 늘려가다가 시험 한 달 전 즈음에는 작은 메모지에 중요한 개념을 제목만 적어두고, 하위개념을 떠올려 보는 식으로 공부했다. 메모지의 앞 장에는 개념 혹은 제시문을 적고 뒷장에는 정답을 적었는데, 주로 두문자를 적고 내용을 정확히 떠올릴 수 있는지 여부를 확인했다. 이렇게 하면 내가 모르는 것을 명확하게 파악할 수 있어서 도움이 된다.

노트필기를 할 때 형광펜을 많이 사용하는데, 이것을 처음부터 사용하면 안 된다. 회독 수를 늘려갈수록 이해의 깊이가 달라지고, 시험 직전에 중요하다고 생각하는 부분과 공부 초기에 중요하다고 생각하는 부분은 분명 다르기 때문이다. 처음부터 형광펜을 사용하면 기본서가 온통 초록, 파랑, 분홍 형광펜들로 정신이 없다. 또 이렇게 중요한 부분을 눈에 잘 띄게 표시를 하면 상대적으로 다른 내용들은 쉽게 넘겨버리게 된다. 회독 수를 늘려가며 중요 표시를 해야 할 부분이 바뀔 수도 있으니 처음부터 형광펜을 사용하지 않도록 하자.

1회독 시에는 연필, 2회독 시에는 검은색 볼펜을 사용하고, 3회독부터 연한 색의 형광펜을 사용하자. 나는 책을 읽을 때도 줄을 긋거나 생각을 적어가며 보는 편인데 처음에는 꼭 연필로 줄을 긋는다. 책도 시간이 지나 다시 읽을 때 마음에 와닿는 구절이 달라진다. 그러한 점은 독서의 또 다른 묘미인데, 처음부터 내가 좋아하는 구절에 짙은 색 펜으로 표시를 하면 다음 읽을 때 여지없이 그 부분만 눈에 띄고, 다른 구절은 눈에 들어오지 않아 그런 재미를 맛보기 힘들다.

단권화를 하고 중요한 내용을 간추리며 공부하다 보면 불안한 마음이 또 올라온다. 그래서 나는 추가로 10년 동안의 기출문제 영역

을 한눈에 볼 수 있게 정리했다(기출문제를 풀어 보는 것은 물론이다). 범위도 넓고 세부 영역으로 나눠야 하니 A4용지 3~4장을 이어 붙여야 했다. 최근 10년간 시험 문제가 어디서 출제됐는지 표로 정리해 한쪽 벽면에 붙여두고, 틈날 때마다 계속 읽었다. 그러면 올해의 동향도 나름대로 파악이 되면서, 불안한 마음도 제법 가라앉았다.

뇌과학 연구에 의하면 뇌는 2가지 방식으로 활성화된다고 한다. 하나는 어떠한 대상에 집중할 때, 다른 하나는 어떠한 대상에도 집중하지 않을 때 즉 '멍하게 있을 때'다. 이해나 암기는 전자의 상태에서, 창의적 사고력은 후자의 상태에서 더 잘 발휘된다.

학습한 내용의 부분을 보는 것은 집중모드에서, 학습한 내용의 전체를 아우르며 상관관계를 살피는 것은 이완모드에서 잘 일어난다. 이렇게 긴장과 이완의 상태를 왔다 갔다 하며 줌 인-줌 아웃을 반복할 때 학습 효과가 가장 높아진다고 한다.

집중모드는 잘 유지해야 하고, 이완모드는 어떻게 해도 집중모드가 유지되지 않을 때 켜야 한다. 이완모드로 들어가는 방법은 다양하다. 흔히 산책이나 운동, 샤워, 음악 듣기, 명상, 잠자기 등이 있는데 나는 수험기간 초반에는 주로 20~30분 정도 산책을 했고, 시험일이 가까워질수록 자리를 뜨지 않으려고 음악 듣기, 명상(멍하게 있기) 등을 했다.

노트필기는 암기한 내용을 적극적으로 회상하고 인출해보는 대표적인 집중모드 공부법이다. '손으로 쓰면서 하는 공부'는 앞서 말한 대로 뉴런의 시냅스 생성과 결합을 도와 기억력에 도움이 되지만, 시간과 에너지가 많이 든다. 절대적으로 시간이 부족한 엄마에게는 도리어 독이 될 수 있다. 기본서나 모의고사 문제집을 활용해도 충분히 단권화 노트를 만들 수 있다. 중요한 것은 '단권화 노트' 자체가 아니라 단권화된 자료를 얼마나 잘 활용해 회독 수를 늘릴 것인가 하는 것이다. 시간은 금이고 엄마의 시간은 금맥이다. 필기도 효율적으로, 똑똑하게 하자.

엄마의
완벽한 암기법

'마미 브레인 신드롬'은 흔히 여성들이 출산 후에 집중력과 기억력이 감퇴하고, 업무수행 능력이 저하되는 현상을 말한다. 출산 전후 뇌조직과 호르몬의 변화, 아기를 위한 생활패턴과 환경의 변화가 원인으로, 이런 증상은 출산 후 약 2년간 지속된다고 한다.

나 역시 예외는 아니었다. 둘째가 6개월이 됐을 무렵 다시 일을 시작했는데 체력의 저하보다 더 무서운 것이 집중력의 저하였다. 순간순간 집중이 흐려지는 나를 발견하는 일이 허다했다. 회진 때 환자가 무슨 증상을 호소하는지 의사와 어떤 대화를 나누는지 순간적으로 놓치고는 재차 여쭤 봐야 하니 그런 때는 참 곤혹스러웠다.

내 기억력의 수준이 이러하니 공부에 대한 자신감은 당연히 떨어졌다. 하지만 시작한 이상 대책을 세우고, 결과를 내야 했다. 더군다나 임용고시는 주관식으로 치러지는 시험이기 때문에 공부한 것을 정확하게 인출해내는 것이 무엇보다 중요했다. 강의를 듣고 이해하고, 필기하고, 암기까지 잘 해냈지만 그것을 제대로 활용하지 못하면 무용지물이다.

꽉 채운 1년을 공부에 올인하면서 내가 주로 사용한 암기 노하우 몇 가지가 있다.

1. 언제 할 것인가?

어떤 일이든 '언제 할 것인가?' 하는 문제는 꽤 중요하다. 작업을 하는 시기와 시간에 따라 일의 능률이 완전히 달라질 수 있기 때문이다. 암기는 하루의 틈새 시간을 활용한다. 뻔한 소리지만 정말 중요하다. 밥 먹을 때, 화장실 갈 때, 이동할 때 모든 틈새 시간에 수시로 암기할 것을 봐야 한다. 틈새 시간은 은근히 많은 반면, 자리에 앉아 공부할 수 있는 시간은 생각보다 적으니 틈새 시간을 꼭 챙겨야 한다.

포스트잇과 작은 메모장은 틈새 시간 공부에 필수다. 내가 자주 사용하는 공간에 포스트잇을 붙여놓고, 수시로 암기하고, 회상하는 것이야말로 틈새 시간을 제대로 활용하는 것이다. 집 안 곳곳, 휴대폰 뒷면, 자동차 계기판, 냉장고, 싱크대 등 어디든 내 시선이 닿는 곳이면 된다. 하지만 붙여놓기만 할 뿐 보지 않거나, 스치듯 보고 지나가면 정확히 알지 못함에도 알고 있다고 착각할 수 있으니 그 점을 특히 조심해야 한다.

작은 메모장 활용은 강의를 듣고 복습하면서 키워드나 두문자를

만들고, 수첩에 옮겨 적는 방법으로 한다. 1~2회독 시에는 내용을 정교하게 습득하지 못했기 때문에 두문자도 결합력이 약하다. 그렇지만 어설픈 두문자라도 학습 내용을 끄집어내는 마중물이 될 수 있다. 처음부터 완벽을 추구하기보다는 반복을 통해 완성도를 높여가는 편이 더 낫다.

틈새 시간 활용은 큰 자갈들 사이에 물이 들어가 빈틈을 채우는 것과 같다. 그렇다면 이 큰 자갈들은 언제 머릿속에 넣어야 할까? 암기는 뇌가 하루 중 가장 활발히 움직이는 아침과 저녁시간에 하는 것이 좋다. 다만 아침은 기운이 낮보다 달릴 수 있으므로 전날의 학습(암기 내용)을 반복하는 것이 좋고, 오후 4~5시부터는 새롭게 배운 내용을 암기하는 것이 좋다. 또 자기 전 30분은 그날 공부한 내용을 복습하고(기억을 정리하는 데는 렘(REM) 수면이 필수적이다), 다음 날 일어나는 즉시 전날 밤 복습한 내용을 한 번 더 봐주면 확실히 기억할 수 있다.

2. 어떻게 할 것인가?

조직화, 정교화, 맥락화, 이미지화, 장소법, 이야기법, 두문자법, 노래 암기법 등 암기법은 무수히 많다. 그중에서도 내게 유용했던 것은 두문자와 노래 암기법이다. 조직화와 정교화, 맥락화를 통해 학습 내용을 암기하기 쉽게 정리했지만, 그것 자체가 생각이 안 나는 경우가 태반이었다.

특히 전공과목이라 할지라도 용어가 낯설고, 암기가 어려운 부분들이 있는데 법정감염병이 그중 하나다. 감염병 89개를 1~4급으로 나누고, 정의까지 암기해야 하니…. 중요한 감염병만 요약해서 외우자니 불안하고, 다 외우자니 앞이 깜깜했다. 공부는 기세다. 시험문제가 어디에서 출제될지 어떻게 알겠는가? 우선 내가 자신이 있어야 한다. 그럼에도 여전히 89개의 감염병을 모두 암기할 자신은 없었다. 그러다 우연히 '법정감염병'을 노래로 만들어서 가르치는 유튜브 영상을 발견했다. 정말 신기하게도 노래로 외우니 그 어렵던 것이 뚝딱 해결됐다.

기억은 감정과 결합될 때 더 오래 남고, 그 감정은 행복하고 즐거운 것들이어야 한다. 노래는 내게 행복하고 즐거운 감정을 일으키는 것들 중 하나다. 학창시절에는 카세트테이프가 늘어날 때까지 노래를 들었고, 야무지게 모은 용돈으로 레코드 가게에서 좋아하는 가수의 카세트테이프 하나를 사면 몇 날 며칠은 행복했더랬다. 나는 이참에 암기해야 할 것들을 내가 그렇게 좋아하는 노래로 만들어 외우기로 했다.

보통 저녁 6~7시 이후 이래도 저래도 공부가 잘 안될 때 노래를 만들었다. 이리저리 마음속으로 흥얼거려 보는 것이 꽤 재미있었다. 그러다 보니 이때가 하루 중 제일 기다려지는 시간이 되기도 했다. 외워야 할 내용과 딱 맞는 노래가 떠오를 때면 노래도 더 잘 만들어졌다.

이렇게 만든 노래를 집에 가서 녹음한 후에 아침, 저녁 샤워하면서, 밥 먹으면서, 이동하면서 이어폰이든 스피커든 계속 들었다. 주부라면 아무리 줄인다 해도 집안일에 시간이 제법 들어간다. 그럴 때도 '음악 감상한다…' 생각하면서 녹음파일을 틀어놓고 집안일을 했다. 처음에는 내 목소리에 깜짝 놀라고, 식구들이 들으니 민망하기도 했지만 익숙해지니 내가 부른 노래를 듣는 것도 재미있고, 아이들이 따라 부르다 외우기도 해서 내가 기억 못하는 부분을 알려주기도 했다.

앞서 말한 대로 기억은 감정과 결합될수록 더 강해지는데, 좋아하는 노래로 회상을 하니 인출이 더 잘됐다. 하지만 노래로 아무리 기억력을 높이고, 즐겁게 공부한다 해도 적당히 들으면 결국에는 잊는다. 반복만이 기억의 고리를 튼튼하게 한다. 그러니 양이 질로 바뀌는 순간까지 계속 들어야 한다.

3. 뇌가 건강해야 한다

공부를 잘 하려면 뇌가 건강해야 한다. 뇌 건강에 중요한 것을 크게 3가지 꼽자면 '장(腸), 음식, 자세'다. 먼저 우리의 장은 '제2의 뇌'라고도 불리며, 신체 모든 행위에 관여하는 뇌를 관장한다. 장이 건강해야 바르게 생각하고 행동할 수 있다. 장이 건강하지 못하면 감정기복이 심하고, 불안과 우울증이 나타날 수 있는데 이는 행복 호르몬인 세로토닌이 약 70% 장에서 분비되는 것과도 관련이 있다. 마음상태는 뇌 건강에 중요한 영향을 미친다. 불안하고 높은 긴장상태는 교감신경계를 자극해 우리 뇌를 쉽게 피로와 탈진 상태에 빠지게 한다. 결국 장 건강을 통해 행복 호르몬인 세로토닌을 관리하고, 편안한 마음을 가지는 것이 공부에 도움을 준다.

다음으로는 좋은 음식을 먹어야 한다. 충분한 물을 마시는 것만으로도(1kg 당 30ml) 내독소를 줄일 수 있다. 설탕과 밀가루 섭취를 줄이고 신선한 과일, 채소, 견과류 등의 섭취를 늘리는 것이 좋고, 양질의 단백질과 건강한 지방, 프로바이오틱 식품 섭취도 중요하다.

마지막으로 척추가 건강해야 한다. 척추가 잘 정렬되어 있어야 뼈들 사이 빈 공간을 통해 신경이 원활히 지나다니고, 염증과 통증 없이 우리 몸의 모든 부위가 제 기능을 한다. 바르지 않은 자세로 척추의 정렬이 틀어지면 우리 몸의 어떤 부위든 문제가 발생할 수 있다. 특히 척추 건강은 뇌 건강에 직접적인 영향을 미친다. 만성요통이 우리 뇌의 편도체에 직접적인 영향을 미쳐 걱정과 불안, 우울 등 부정적인 감정을 일으킨다는 대규모 연구가 2022년에 발표되기도 했다. 척추가 바로 서면 기억력과 주의력은 확실히 향상된다. 어깨를 펴고 등을 곧추세우면 공부가 더 잘된다.

출산 후 집중력이 떨어지고, 건망증이 심했던 나도 갖은 방법을 동원해 노력하니 절대 안 될 것 같던 일이 가능해지는 것을 경험했다. 우리 뇌는 부정어를 이해할 수 없다고 한다. 내가 피하고 넘어가야 할 장애물들에 집중하면 거기서 벗어나기 힘들다. 스키를 탈 때 빠

르게 장애물을 피해 갈 수 있는 방법은 나무들, 즉 장애물을 보는 것이 아니라 나무들 사이의 좁은 길에 집중하는 것이다. '뜻이 있는 곳에 길이 있다.' 뜻이 있다면 길을 찾을 수 있고, 그 길을 통해 우리가 원하는 곳으로 갈 수 있다.

무조건 공부하는 사람들과 함께하라

집순이인 나는 하루 종일 집에 있어도 바쁘다. 그러면서도 어떤 때는 아무것도 안 하고, 종일 드러누워서 빈둥거리기도 한다. 나는 집이 좋다. 하지만 집에서 절대 못하는 것 한 가지가 있는데 바로 공부다. 어릴 적 습관 때문인지, 집은 쉬는 곳이라는 생각 때문인지 여하튼 집에서는 집중이 안 된다.

내 몸 하나만 잘 간수하면 되던 시절에도 집에서 공부가 안 됐는데 엄마가 되고서는 오죽할까. 집안일은 참 신기하다. 말처럼 해도 해도 끝이 없고, 해도 티가 안 나지만 안 하면 금방 티가 난다. 치우는 것은 한참인데 어지르는 것은 금방이다.

살아가는 데 해야 할 집안일이 이렇게나 많은지 결혼하고 처음 알았다. 친정아버지께서 가정적인 편이라 집안일을 많이 하셨는데 쌀을 씻으면서 휘파람도 불고, 빨래를 탈탈 털어서 빨랫줄에 널며 흥얼거리시기도 했다. 그런 모습을 보며 컸던지라 집안일이 힘든지 잘 몰랐다. 그런데 웬걸 어느 날은 '정말 지긋지긋하다' 싶은 마음이 들

정도였다. 그래서 아버지에게 "아빠는 어떻게 그렇게 흥얼거리면서 집안일을 해요?"라고 여쭤 보니 "그냥 하면 힘드니까 휘파람도 불고 하는 거지" 하시는 것이다. 정말 반전이었다(돌이켜 보니 나도 참 철이 늦게 든 것 같다).

엄마는 집에 있으면 집안일에 매이게 된다. '저것만 치워놓고 공부해야지' 하지만 언감생심이다. 집안일은 마치 자석 같다. 아니 블랙홀 같다. 점점 빠져들다가 헤어나지 못하고, 내 체력을 다 쓰게 된다.

그러니 최대한 빨리 집에서 나와야 한다. 두 눈을 질끈 감고 집을 나왔다면 정말 중요한 첫걸음을 뗀 셈이다. 그렇다면 어디서 공부해야 할까? 먼저 일정한 장소를 정해두는 것보다는 주기적으로 옮겨가며 공부하는 것이 좋다. 어차피 시험은 전혀 다른 곳에서 치러야 하니 낯선 장소에서도 집중력을 올릴 수 있는 연습이 필요하다.

거리는 집에서 20분 내외가 좋다. 차든, 도보든 이동시간이 20분 이상 걸리는 곳은 피한다. 그렇게 해서 선택할 수 있었던 장소가 도서관 2곳, 스터디카페는 10군데 이상이었다. 아파트 단지 내에도 도서관이 있었는데 위치가 지하이다 보니 대체로 서늘하고 어두운 느낌이 들었다. 그곳은 정말 어쩔 수 없을 때를 제외하고는 이용하지 않았다.

시립도서관은 진득하게 앉아서 공부하는 사람들이 많았다. 중·고등학생부터 대학생, 취준생, 직장인들의 승진 시험 준비까지 다양한 공부를 하는 사람들이 모였다. 그러니 '남들이 하는 공부'를 구경하는 재미가 있었다. 엉덩이가 근질거려 자리에서 일어나고 싶어도 옆에서 진득하게 집중하고 있는 모습을 보면, 그게 자극이 되어서 꾹 참고 다시 집중할 수 있었다.

공부에 열심인 사람을 보면 '저 사람이 두 번 일어날 때 나는 한 번 일어나야지' 속으로 생각하고, 실천에 옮겼다. 자리에 죽치고 앉아 있는다고 공부가 잘되겠냐마는 답답하다고 바람 한번 쐬고 온 것보다는 차라리 나았다.

분위기, 공기를 한번 전환하고 오면 나는 집중이 더 안됐다. 겨우 책으로 들어갔던 길을 되돌아 나와 다시 입구에서 헤매는 기분이었다. 공부가 안될수록 의자를 더 바짝 당기고, 허리를 세워 똑바로 앉았다. 피곤하고 잠 온다고 엎드려 자지 않았다. 각 잡고 잠을 청하는 것 같은 기분이 들었기 때문이다. 나도 모르게 꾸벅꾸벅 졸고 있을 정도라면 모르지만 말이다.

스터디카페는 좋은 시설을 갖춘 곳들이 많지만 다녀 보면 조금씩 특색이 다 다르다. 공무원 준비하는 수험생들이 많은 곳, 가방 메고 왔다 갔다 하는 중·고등학생들이 많은 곳, 깨끗하게 관리가 되는 곳, 전혀 관리가 안되고 더러운 곳, 공부 스트레스에 예민해진 수험생을 배려하는 곳, 그런 것 따위는 상관 않는 곳, 또 내가 참기 힘든 그 수험생이 다니는 곳.

한번은 같은 스터디카페를 이용하던 수험생이 비염이 심해서 콧물을 훌쩍거리는데 어제도, 그제도 공부하는 내내 그러니 정말 참기가

힘들었다. 그러다 한 번씩 학습실 안에서 코를 팽! 풀 때면 그 소리가 귀를 의심할 정도였다. 그렇지만 직접 가서 어떤 말을 할 수는 없었다. 그래서 참다못해 다른 스터디카페로 옮겼는데 며칠 뒤 그 수험생이 내가 다니는 스터디카페에 나타나서 정말 낙담했던 기억이 있다.

그때는 거의 시험 막바지였고 다녀본 중에 제일 좋았던 곳에 다니고 있어서, 귀마개를 사용하며 꾹 참고 마지막까지 버텼다. 그런데 시험을 치르고 보니 일면 그 수험생에게 고마운 점도 있었다. 시험장에는 콧물 훌쩍 말고도 한숨 소리, 볼펜 딸깍거리는 소리 등 다양한 소음이 있었는데, 나는 그 수험생 덕분에 어느 정도의 소음은 아무렇지 않게 넘길 수 있었던 것이다.

앞서 말한 것처럼 엄마라면 무조건 집 밖으로 나가서 공부하는 것이 맞지만, 정말 여건이 안될 때가 있다. 가령 아이가 아파 어린이집을 못 갔거나… 어쨌든 아이와 함께 집에 있어야 하는 경우처럼 말이다. 그런 경우를 대비해 내가 공부할 공간을 집에도 마련해둬야 한다.

나는 각 방에서 한 달가량 공부를 해보고 제일 공부가 잘됐던 곳에 정착했다. 우선 책상의 위치가 중요하다. 책상머리가 창문을 바라보도록 배치해서 누군가 방문을 열었을 때 내 등이 보이게 하는 것은 좋지 않다. 방에 들어오는 사람을 내가 먼저 볼 수 있도록, 책상머리가 방문을 향하게 배치하는 것이 좋다. 그렇게 하면 내가 내 의지대로 학습을 자유롭게 이끌어갈 수 있다. 또 그렇게 하고 있다는 자신감이 실제로 그러한 결과를 낳는다. 나보다 앞서가는 공부를 내가 뒤따라가고 있다는 이미지가 그려져서는 안 된다.

책상 전면이 출입문을 바라보게 배치하기 힘들다면 옆 벽면을 따라 배치하자. 간혹 엄마들 중에 아이가 방문을 닫아두고, 공부 대신 딴짓을 할까 봐 불시에 방문을 열어보며 확인하는 경우가 있는데, 이는 아이의 공부 자신감에 좋지 않으니 지양해야 한다. 아이는 지시하고 감시해야 되는 대상이 아니다. 학습 태도가 몸에 익지 않았다면 거실에서 엄마와 함께 공부하는 것이 좋다.

공간은 아무것도 없는 '무(無)'의 상태가 아니다. 그곳에 있는 지형, 지물, 사람들이 방출하는 생각 에너지가 모여 그곳만의 독특한 공간 에너지가 형성된다. 일례로 명상 전문가들은 티베트의 사원에 가면 명상이 더 잘된다고 말한다. 수백 년간 이어져 온 고승들의 에너지가 집약되어 있기 때문이라고 한다. 풍수 인테리어 역시 이러한 점에 주목해 사물과 공간이 주고받는 에너지를 긍정적이고 원활하게 흐르도록 하는 것이다.

무조건 공부하는 사람들과 함께하라. 같은 공간에 있으면 여럿이 함께 공부하면서 발생하는 집중과 몰입의 에너지를 자신이 필요한 만큼 가져와 활용할 수 있다.

2차 면접을 위한 5가지 꿀팁

1차 시험이 끝나면 결과 발표까지 한 달 남짓 걸린다. 1차 시험에 불합격했던 첫해는 왠지 합격할 것 같은 생각에 1차가 끝나고 바로 2차 시험 준비도 열심히 했다. 결과는 1차 불합격이었고, 답답하고 억울한 마음을 하소연할 곳이 없었다. 그렇지만 12월 한 달 동안 열심히 2차 준비를 한 덕에 1월에도 집중력을 계속 이어갈 수 있었고, 이는 다음 해 치른 2차 시험에도 많은 도움이 됐다. 이 덕분에 다시 한번 실패하더라도 매 순간 최선을 다해야 함을 깨달았다.

> "인생에 필요한 것은
> 무지와 확신뿐이다.
> 그러면 성공은 확실하다."
>
> – 마크 트웨인(Mark Twain)

늦었다는 생각이 들 때는 정말 늦은 때라는 말이 있듯이 마흔에 임용고시 도전은 정말 늦은 때였다. 학교에서 기간제 교사로 근무해본 경력마저 전혀 없는 상태에다 임용고시에 대해서는 무지 그 자체였다. '한번 해보자'라는 각오 외에는 아무것도 없었고, 모든 것을 그때그때 부딪혀가며 해결해야 했다. 하지만 그것이 정말 중요한, 성공의 첫걸음이었다.

1차 필기부터 2차 면접까지 일련의 과정들을 전부 꿰뚫고 있었다면 나는 절대 도전하지 않았을 것이다. 꿈을 꾸는 나와 꿈을 이룬 나의 모습은 절대 한순간에 바뀌는 것이 아님을 알면서도, 처음의 내가 시작의 용기를 내기는 쉽지 않았다.

첫해에 탈락의 고배를 마시고, 열심히 재수생활을 거쳐 1차 시험을 끝냈는데, 끝났다는 안도감은커녕 망했다는 좌절감이 나를 덮쳤다. 그래서 답안 체크도 하지 않았다. 할 수 없었다는 표현이 더 정확하다. 이미 지나간 것에 마음 쓰고, 계속 거기에 붙들려 있을 것 같았기 때문이다. 하나에 꽂히면 의도하지 않아도 계속 생각이 떠올라 스스로를 힘들게 하는 내 성격을 이미 내가 잘 알고 있었다. '결과에 상관없이 여태 준비한 것 후회 없이 다 보여주고 끝내자!', '1차 발표일까지 2차 면접 준비 열심히 하자. 내가 해야 할 일은 거기까지다.' 흐트러지려는 마음을 붙잡고, 아직 끝난 게 아니라고 나를 다잡았다.

'1차 1순위(공립) 합격을 진심으로 축하드립니다.'

1차 시험을 합격하면 컴퓨터 화면에 이런 글자가 뜬다. 이 한 줄을 보기 위해 지금껏 그 노력을 해온 것이다. 1차 합격자 전원이 다시 동등한 출발선상에 섰다. 지나온 시간, 노력의 크기 모든 것들이 다 다르겠지만 모두에게 남은 시간은 똑같다. '남은 시간을 최대한 잘 활용하는 사람으로는 1등 하자!' 새롭게 각오를 다졌다. 나에 대한 기대가 크지 않으니 모든 것이 감사하고 즐거웠다. 2차 면접 당일 구상실로 들어가기 전 교실에서 대기를 하고 있으니, 내가 그 자리에 있다는 것만으로도 가슴이 벅찼다. 일순간 꼭 합격하고 싶다는 욕심이 들기도 했지만 얼른 그 마음을 내려놓으려고 애썼다. 그 순간 감사로 가득 찬 마음에 다른 생각이 비집고 들어오는 것이 탐탁지 않았기 때문이다.

우여곡절 끝에 다다른 2차 면접이니, 소중한 기회를 잘 잡아야 한다. 다음은 내가 1차 시험을 끝내고 나서 느낀 5가지 면접 팁을 소개하고자 한다.

첫째, 교육잡지를 적극적으로 읽고 활용한다. 나는 1월부터 2차 면접을 튼튼이 준비했는데 먼저 교육신문을 챙겨 보기 시작했다. 교육부에서 발행하는 〈행복한 교육〉 잡지와 〈아이 좋아 경남교육〉을 매달 보고, 괜찮다고 생각되는 내용들을 따로 정리했다. 〈행복한 교육〉 1월호에 소개된 칼럼 중 '교사의 유튜브 활동에 대해'라는 짤막한 논술문이 있었는데 주제가 참신하고, '이런 문제가 출제된다면 과연 나는 뭐라고 답할 수 있을까?'라고 생각하니 말문이 막혔다. 그래서 그 논술문 중에 마음에 드는 구절 2~3줄을 면접 노트에 옮겨 적었다. 노트에 적힌 내용들은 2차 준비에 소중한 재산이 됐다. 실제 시험에서 '교사의 유튜브 활동에 대한 찬반 여부. 자신의 생각을 밝히고 그 이유를 말하시오'라는 문제가 출제되어 놀랐고, 준비한 대로 차분히 답변할 수 있었다.

둘째, 개념부터 알아야 한다. 2차 면접은 출제범위가 정확히 정해져 있지는 않지만 대략의 예상범위는 있다. 교직관, 교육과정 및 수업 운영, 기타 인성교육, 생태교육, 통일교육… 이러한 소주제의 개념을 명확하게 머릿속에 심어야 한다. 그러면 질문에 답변하기가 좋다. '인성교육이 필요한 이유를 말하고, 자신의 교과목에 해당하는 교육과정과 연계하여 인성교육을 어떻게 실행할 것인지 방안을 말하라'는 문제가 출제됐을 때 "인성교육이란 ~입니다. 그러므로 그러한 능력을 함양하기 위해 인성교육을 해야 합니다"라고 간결하게 답할 수 있었다. 그리고 교육과정과 연계한 교육활동은 준비를 많이 한 부분이라 고민 없이 답변할 수 있었다.

셋째, 스터디를 활용해야 한다. 너무도 당연한 말이라 생각될 수 있지만 나는 2차부터 스터디를 시작했고, 그것도 엄청 많은 고민 끝에 했다. 여러 명이 모이는 자리에 적응을 잘 못하는 성격인데, 모르는 사람들과 만나야 하니 오죽할까? 그래서 1차 시험은 스터디 없이 혼자 공부하는 쪽을 끝까지 고집했다. 하지만 2차는 다르다. 시간 안에 문제를 풀고, 사람들 앞에서 답변하는 연습을 하지 않으면 정말 합격하기 힘들다. 나는 3개의 스터디를 했는데 월, 수, 금으로 주 1회 만나고 화, 목, 토, 일은 혼자 공부했다. 너무 많이 해도 스터디 준비에 소홀해질 수 있으니, 나는 3개 정도가 적당했던 것 같다.

넷째, 관점을 전환한다. '면접관은 나를 떨어뜨리기 위해 있는 사람이 아니다. 나를 합격시켜 주기 위해 여기에 왔다. 2차는 내가 잘해서 붙는 시험이 아니다'라는 생각의 전환이 필요하다. 물론 주어진 질문에 잘 답변해야 하는 것은 맞지만 그 답변에 점수를 주고, 최종 합격으로 보내주는 사람은 앞에 있는 면접관들이다. 이렇게 생각하니 그분들의 존재가 그저 감사했다. 물론 면접장에 들어가기 직전까지 떨리고, 어떤 분위기일지 몰라 불안할 수 있지만 기본적인 마인드를 감사함으로 장착하고 들어가자. 그러면 문을 열고 들어서면서부터 웃을 수 있고, 떨리는 와중에도 천천히 해야 할 말을 차분하게 끝까지 할 수 있다. 실력을 먼저 갖추는 것은 두말할 것이 없다.

다섯째, 긍정적인 마음가짐을 가진다. 1차 합격의 어려운 관문을 뚫고, 2차 면접까지 와 있는 자신에게 '대견하다, 고맙다' 칭찬해줘야 한다. 떨리는 것은 누구나 마찬가지다. 그 떨림을 긴장으로 해석할지, 흥분으로 해석할지 그것은 각자의 몫이다. 시험 당일 구상실에 들어가기 위해 복도에서 대기하던 중 감독 선생님이 "선생님

표정이 너무 좋으시네요"라며 웃어줬다. '긴장될 텐데도 웃고 계셔서 보기 좋아요'라는 진심 어린 말로 들려서 기분이 좋아지고 자신감이 생겼다. 상황에 맞지 않게 실없이 웃으라는 말이 아니다. 마음 속의 감사와 행복은 표정으로 자연스레 드러난다. 내가 좋은 에너지를 발산하면 그것은 다시 나에게 좋은 영향으로 돌아온다.

그렇게 2차 면접을 끝내고 집에 와서는 최종 발표일까지 매일매일 이불킥을 했다. '그때 그 말은 하지 말걸, 그때 이렇게 말했어야 했는데….' 어떻게 생각하면 잘한 것 같고, 어떻게 생각하면 망한 것 같고… 매일을 천국과 지옥을 왔다 갔다 하며 버텼다. 그리고 '최종 합격을 축하합니다'라는 바라던 말 한 줄을 끝으로 내 수험생활도 막을 내렸다.

5장

내가 꿈을 이루면
나는 누군가의 꿈이 된다

나에게 고맙다

도전의 중반을 넘어서면 처음의 확신과 열정이 꼬리를 감추고, 의심과 불신이 조용히 올라온다. 이번에도 그랬다. '글을 쓰고 싶다'라고 생각한 처음의 당찬 마음은 시간이 지날수록 서서히 사그라들었다. 어떤 글도 쓰지 못하고, 자리에 앉아 1시간이고, 2시간이고 시간을 흘려보내면서 처음 일주일 정도는 불안했지만 그것도 어느새 점점 익숙해져 나는 마냥 제자리걸음만 했다.

'꼭 도전하는 삶을 살아야 하나? 꼭 성장하는 삶을 살아야 하나?' 내 안에서 질문과 비판이 쏟아졌다. 글을 쓰는 의도가 무엇인지 충분히 알고 있음에도 완벽주의를 내세우며 앞으로 나아가지 못하게 하는 습관이 다시 올라왔다. 3개월 남짓을 한 자도 쓰지 못하고 '과연 이 글들을 계속 써도 될까?' 의미 없는 질문을 반복하며 긴 터널을 지나는 것 같은 시간을 보냈다. 터널에 진입하는 짧은 순간을 제외하면 우리는 터널 안이 어둡다는 사실을 알 수 없다. 하지만 터널 밖을 나와 보면 내가 어두운 곳을 지나왔다는 사실을 깨닫는다.

'무엇보다 초고를 완성하는 것이 우선'이라는 너무도 당연한 사실이 불현듯 머리를 스쳤다. 나는 글이 쓰기 싫어 그럴듯한 핑계를 대고 있었다. 번아웃이든 게으름이든 그게 무엇이든 간에 나는 확신이 없는 것이 아니라 글쓰기가 힘들어서 하기 싫었을 뿐이었다. 임용고시 막바지에 찾아온 슬럼프가 실은 그저 하기 싫었던 것 그 이상도 이하도 아니었던 것처럼 말이다.

하지만 그런 나를 너무 나무라지는 말자고 했다. 모든 것은 다 때가 있는 법이고, 정체했던 시간들마저도 내게는 다 필요했던 것이리라. 배움이 더뎌서 천천히, 느리게 나아가는 것이 나라는 사람이었다. 나는 대체로 나를 다그치며 살았다. 하루에 쓸 수 있는 에너지를 모조리 다 소진하고 쓰러지듯 잠들지 않은 날에는 '오늘 뭔가 더 할 수 있었는데' 하고 게으름을 피운 것 같아 꺼림직한 마음이 들었다.

큰아이 출산 후였을까? 한의원에서 진맥을 받는데 사상체질 중에서 내가 소음인이라는 말을 들었다. 그래서 "저는 성격도 급하고, 소양인이에요"라고 했다. 그러니 하신다는 말씀이 "지금 80km로 달리면서 과속하고 있다고 말하는 거랑 똑같습니다. 본인은 60km로 달려야 하는 사람이라서 그래요. 성격이 급하다고 하지만 성격 급한 것 아닙니다" 하는 것이었다. 나는 반신반의했다.

하지만 그 당시 나는 나에 대해 너무 몰랐다. 사실 나는 거북이였다. 남들보다 느리지만 나만의 속도가 있고, 끝까지 완주할 수 있는 에너지가 있는 거북이였지만 있는 그대로의 내 모습으로는 사회에 적응하기 힘들었다. 누구보다 나 자신이 그 사실을 인정하지 못했다. 그래서 열심히 노력해서 슈퍼거북이가 된 것이었다. 하지만 그것은 진짜 내 모습이 아니었다.

언제부턴가 양가감정이 날 혼란스럽게 했다. 최대한 많은 것을 하며 성장하고, 내가 될 수 있는 최선의 내가 되고 싶었다가도 때로는 아무것도 하고 싶지 않았다. 내가 진정으로 원하는 것이 무엇인지 알고, 행복을 찾아가고 싶은데 정말 내가 무엇을 원하는지 헷갈렸다. 그런데 돌이켜 보니 나의 속도는 대체로 느린 편이었고, 그것을 몰랐던 내가 스스로를 재촉하고 몰아세웠기 때문에 갈피를 못 잡은 것이었다.

지금 나는 시골의 작은 특수학교에서 근무하고 있다. 학교가 마을 한가운데 있어서 담 하나를 사이에 두고 학교와 가정집이 마주하고 있는 곳이다. 가정집 마당에서 키우는 감나무에 감이 열릴 때면 눈이 참 즐겁다. 진한 초록색과 주황색이 어우러져 보고만 있어도 눈이 시원하고 마음이 따뜻해진다.

옛날 할머니 집 뒷마당에도 감나무가 있었는데…. 잊혔던 어릴 적 기억 하나가 불쑥 떠오르니 고기잡이 배에서 줄줄이 물고기를 낚아

올리듯 생각지 못했던 기억들이 떠올랐다. 어릴 적 추억이 참 많았구나…. 이곳에서 근무하면서 좋은 기억들이 많이 떠올라 감사했다.

이곳은 보건실이 1층에 있다. 그래서 그런지 바깥바람도 새소리도 더 가깝게 느껴지고, 정겹다. 출근해서 아이들을 기다리다 보면 문득 5년 전 기억이 떠오른다. 내 꿈에 다시 도전해보겠다고 다짐하던 모습, 그때 상상해본 미래의 내 모습까지…. 지금의 내가 바로 상상 속의 나와 같음을 알고, 기적을 느꼈다. '지금 이 일상이 현실인가…?' 이 시간과 공간이 너무 기적 같아 믿기지 않을 때가 있다.

원하는 것에 도전하고, 그것을 성취하기까지 우리는 계속 시험대 위에 오른다. 목표를 성취하고 이룰 수 있는 사람으로 스스로의 그릇을 키워주기 위해서다. 시험대 위에 오른다는 것은 예상치 못한 어려움에 부딪히거나, 생각했던 것보다 더 많은 헌신과 노력이 필요한 것이다. 우리는 그 시험대 위에서 힘들다고 소리치고, 울고불고 누군가를 원망할 수도 있다. 또는 묵묵히 인내할 수도 있다. 어찌 됐든 그 시험대에서 포기하고 내려오지 말아야 한다. 그리고 이왕 버틸 거라면 울고불고하며 누군가를 원망하는 대신 어려움을 직면하고, 이겨내기 위한 방법을 찾는 것에 에너지를 쓰는 편이 낫다.

사실 해녀들의 물숨처럼 삶과 죽음을 가르는 마지막 숨을 눈앞의 전복과 소라를 위해 물속에서 쉬게 되면, 삶이 곧 죽음이 되어버리는 비극이 생기기도 한다. 시험대 위에서 포기하고 내려오지 않아야 하지만 결승점 역시 반드시 존재한다. 내게 허락된 시간은 무제한이

아니다. 그러니 허락된 시간 안에서 최선을 다하되, 그 시간이 끝나면 반드시 물 밖으로 나와 참았던 숨을 쉬어야 한다. 그래야 가장 소중한 것을 지킬 수 있다.

내가 세상에 태어나 가장 감사한 일이 있다면 우리 아이들의 엄마가 되어 이 삶을 살아갈 수 있다는 것이다. 내 안의 의지와 열정, 인내와 노력, 사랑과 감사를 마지막 한 톨까지 끄집어내 내 삶을 긍정하고, 희망으로 살자고 다짐한 것도 돌아보니 모두 아이들이 있어준 덕분이었다. 내가 '엄마'인 것이야말로 내 삶의 가장 큰 축복이었다.

뜻하는 바대로 일이 잘 풀리지 않았던 시간들마저 엄마였기에 묵묵히 잘 버텼다. 지금 10년 전으로 돌아가 나에게 하고 싶은 말이 있다면 '오직 너 자신을 믿어라'라는 것이다. 비록 시간은 흐르고 있고, 불안과 의심이 매 순간 내 안의 빈틈을 노리지만, 결국 모든 것들을 지나 결과에 도달할 것이라고 말해주고 싶다. 그리고 이 말은 지금으로부터 10년 후의 내가 지금의 나에게 해주는 말이기도 하다.

나는 어떤 문제의 난관에 봉착했을 때, 도무지 실마리가 풀리지 않아 마음이 희뿌연 연기로 가득 찬 것 같이 답답할 때 미래의 나에게 도움을 구한다. 지금 이 문제가 다 해결되고, 탁 트인 숨을 쉬는 나를 상상한다. 그러면 마음이 한결 가벼워진다. 나는 곧 그 평화로운 상태에 도달할 것이다. 그러니 너무 걱정하지 말라고 나를 타이른다. 그리고 최대한 정성을 다해 지금 이 문제를 해결해보자고 스스로를 다독여준다.

글이 잘 써지지 않아도, 느릿느릿하게 가더라도 결국 결과에 도달할 것이다. 언제나 그래왔던 것처럼 말이다. 10년, 20년, 30년 후의 내가 (죽지 않고 살아 있다면) 나를 응원해주고 있을 것이다. 그러니 외로워하지 않아도 된다. 나는 언제나 나와 함께 있으니까.

실패했지만, 힘들고 고단했지만, 내버려두거나 포기하지 않고 끝끝내 원하던 곳까지 나를 데리고 와준 나에게, 고맙다.

불필요한 것들과 결별하라

문득 유언을 남겨야겠다는 생각이 들었다. 병원생활을 하며 죽음을 바로 옆에서 지켜봐온 탓인지 나는 죽음이 그리 멀게 느껴지지 않았다. 바로 다이어리를 꺼내 몇 자 적어 봤다. 그저 가족, 친구들에게 하고 싶었던 말들을 남기는 것과 슬퍼하지 말라는 뻔한 이야기였다. 죽음을 상상해보니 정말 그랬다. 누군가 슬퍼하는 것은 싫었다. 아무도 울어주는 사람이 없는 것이 슬픈 일인지는 모르겠으나 그것이 이미 죽은 나와 무슨 상관일까?

그날 저녁 남편에게 이야기했다.

"어느 날 내가 갑자기 죽어서 마지막 말을 남기지 못 할 수도 있으니 지금 할게…. 그동안 고마웠어. 수고했어."

갑자기 목소리가 울먹해져 거기까지만 했다. 저녁에는 아이들과 자려고 누운 자리에서 아이들에게 말했다.

"엄마가 갑자기 하늘나라에 가서 못 보게 되더라도 사라지는 것이 아니라, 너희들 옆에서 지켜보고 응원하고 있는 거야. 그러니 용기를 가지고 씩씩하게 건강하게 자라면 돼. 알았지? 그리고 엄마 지금 건강하고 안 죽을 거야. 걱정하지 않아도 돼."

나는 이렇게 이야기하면서도 속으로는 '아이들을 붙잡고 내가 무슨 쓸데없는 소리를 하는 거지…' 싶었다. 그런데 걱정과 달리 차분히 듣던 큰아이는 "응"이라고 했고, 작은아이는 "그럼 나는 아빠랑 살아?"라고 되묻는 것이다.

유달리 담담한 두 아들의 반응에 나는 호기심이 생겨 "아빠가 다른 여자랑 결혼하면 엄마라고 부를 수 있겠어?"라고 물었고, 고민하던 큰아이가 "아마 그래야겠지?"라고 하는 것이다. 그제야 나는 울컥하는 심정이 들어 어떻게 그럴 수 있냐며 버럭 소리를 질렀다.

그 순간, 나는 내 마음의 소유욕과 집착을 보게 됐다. 내 것이라고 믿어온 것들의 마지막 보루. 그것은 나 자신과 가족, 특히 '내 아이들'이었다. 그런데 그런 나의 착각이 아주 보기 좋게 건드려진 것이다. 자식 키워봐야 다 소용없다며 울컥하는 것은 과민반응 같아 내키지 않고, 아이들의 철없는 말로 웃어넘기는 것도 석연찮았다. 아무튼 확실한 것은 그 대화로 내 집착을 마주하게 됐다는 것이다. 그

것이 집착을 없애주지는 않겠지만, 적어도 '나는 집착하지 않는 사람'이라고 생각했던 것이 대단히 큰 착각이었다는 사실을 알게 됐다.

내게는 어려운 숙제가 하나 있는데 '때가 되어, 독립하는 아이들을 응원하며 온전히 아이들의 행복만을 바라는 것'이다. 그것은 지금껏 내가 아이들을 사랑해오던 방식과는 완전히 다른 것이어서, 내가 잘 해낼 수 있을지 없을지 100% 장담할 수 없다. 물론 그래야 한다는 것을 알고, 그렇게 할 것이라고 다짐하지만 말이다.

> "모성애는 연약한 갓난아이에 대한 어머니의 사랑이 아니라 성장하는 어린아이에 대한 어머니의 사랑에서 진정한 실현을 보는 것 같다. (…) 어머니는 어린아이의 분리를 관용할 뿐 아니라 바라고 후원해주어야 한다. (…) 사랑하는 어머니인가 아닌가를 가려내는 시금석은 분리를 견디어 낼 수 있는가, 분리된 다음에도 계속 사랑할 수 있는가 하는 것이다."
>
> – 에리히 프롬, 《사랑의 기술》 중

나는 진심으로 아이를 사랑할 뿐 아니라, 아이에게 필요한 형태의 사랑을 주는 엄마가 되고 싶었다. 자신만만할 수는 없지만 그래도 잘 해낼 것이라 믿기도 했건만, 내가 아이들을 가슴에서 꽉 움켜쥐고 있었음을 깨달았다. 그게 잘못됐다는 것이 아니다. 지금까지는 연약한 아이들을 가슴에 잘 품고 있어야 했음이 맞을 것이다. 다만 지금부터는 서서히 그 힘을 푸는 연습을 해야 한다는 것을 알게 된 것이다.

"어릴 때는 따뜻한 게 사랑이고, 사춘기 때는 지켜봐 주는 게 사랑이고, 스무 살이 넘으면 냉정하게 정을 끊어주는 게 사랑이다."

– 법륜, 《엄마 수업》 중

'관계'는 내 삶이 지속되는 한 계속된다. 관계가 끊어진 삶은 곧 죽은 삶과도 같다. 사람과 사람, 사람과 자연, 사람과 동물, 사람과 식물, 사람과 사물, 그리고 나 자신과의 관계까지 사람은 무한히 많은 존재들과 관계를 맺으며 살아야 한다. 내 삶을 잘 꾸려간다는 것은 관계성을 잘 유지한다는 것과도 같다.

무엇보다 나와의 관계를 잘 유지해야 한다. 그동안 나는 매사에 질문하고, 정답을 찾으려 노력했다. 주변 사람들의 생각은 어떤지, 그들이 생각하는 정답은 무엇인지 찾아가며, 내 답안지에 타인의 생각을 추가하기도 했다. 인생의 정답은 없지만 나만의 정답은 있다고 생각했다. 매사에 정답을 찾으려는 습성 덕분에 조금씩 성장하기도 했겠으나, 변화하는 세상에서 변하지 않는 정답을 찾으려 애쓰는 것을 이제는 그만해야겠다.

정답을 찾으려 애쓰고 나를 괴롭히는 대신 그저 나를 위하고 아껴줘야겠다. 이는 나만을 위하고 아끼는 것이 아니다. 나를 사랑할 수 있는 사람이 남도 사랑할 수 있다. 내가 나의 어머니이자 아버지가

되어줘야 한다. 내가 나를 도와줘야 한다. 정답을 찾으려는 완벽주의적 사고, 자신에 대한 불신과 미움, 원망과 결별하자. 자기사랑을 피우기 위한 땔감으로 던져버리자.

타인과의 관계도 잘 유지해야 한다. 내가 나를 사랑함으로써 타인을 사랑하는 힘을 기를 수 있다. 세상 만물을 '창조주의 시간과 노력이 깃든 하나의 작품'이라는 관점으로 봤을 때 우리는 타인에게 해를 가해서는 안 되고, 나 역시 누군가에 의해 다치거나 상처받으면 안 된다. 누군가를 소유하려 하거나 집착해서는 안 되며, 나 역시 누군가에게 억압받아서는 안 된다. 너무 뜨거우면 타버리고 너무 차가우면 얼어버린다. 타인의 시선이나 평가에 연연해 나를 잃으면 안 되고, 내 생각만 고집하느라 상대를 놓쳐서도 안 된다.

최선을 다한 관계도 인연이 다하면 멀어질 수 있다. 그렇게 멀어진 인연일지라도 다시 연이 닿으면 가까워질 수 있다. 내가 원한다고 해서 억지로 잡아끌거나 옆에 두려 하면 할수록 사이는 멀어지고 악연이 된다. 관계를 유지하기 위한 노력은 마땅히 해야 하지만 억지 노력은 안 된다. 지난 인연은 '함께하는 동안 행복했고 좋은 인연이었다' 하고 기억할 수 있다면 그것으로 족하다. 지금 옆에 있거나 다가오는 인연은 무리하지도, 내치지도 말고 흘러가는 대로 자연스럽게 받아들이려는 마음가짐이 중요하다. 사랑하는 이와의 관계에 지나친 소유욕과 집착이 있다면 결별하자.

자연, 동물, 식물, 사물과의 관계성도 중요하다. 세상 만물은 나름의 고유한 에너지를 가진다. 그들도 각자의 수준에 걸맞은 영혼이 있다. 길거리에 돋은 잡초 한 포기, 돌멩이 하나도 마찬가지다. 그렇게 각자의 방식으로 존재하는 만물을 아끼고, 소중하게 생각해야 한다. '인간은 만물의 영장'이라는 미명 아래 인간 외의 것들은 인간 아래로 보는 이기심과 결별하자. 우리와 함께 세상을 꾸려나가는 존재로서 존재해줌에 감사하는 마음을 가져야 한다.

> "단 한 번뿐인 운명에 대해 너무 깊이 생각지 마십시오.
> 존재한다는 건 의무입니다. 비록 그것이 순간적일지라도."
>
> – 요한 볼프강 폰 괴테(Johann Wolfgang von Goethe), 《파우스트》 중

존재하는 자체가 존재의 이유다. 내게 가장 중요한 시간과 장소는 '지금, 여기'이며 가장 중요한 사람은 '지금 내 앞에 있는 사람'이다. 불필요한 것들과 결별하고, 지금 이 순간, 현재의 내 삶에 충실하며, 삶을 감사와 사랑으로 채워나가자.

나는 나를 배신하지 않는다

나는 나를 수없이 배신했다. 기억나는 첫 번째 배신은 일곱 살 때 TV 시리즈 〈전설의 고향〉을 처음 봤을 때다. 너무 무서워서 이불을 뒤집어쓰고, 벌벌 떨고 있을 정도였는데 엄마가 거실에 있는 줄 알면서도 몸이 굳어 나가지도, 엄마를 부르지도 못했다. '다음엔 절대 안 볼 거야' 다짐했지만 다음 방송 시간이면 어김없이 안방에서 이불을 뒤집어쓰고, 벌벌 떨며 〈전설의 고향〉을 봤다.

친구랑 다투고 '쟤랑 안 놀 거야' 속으로 다짐해놓고, 다음 날 언제 그랬냐는 듯이 헤헤거리며 놀았고, 이 악물고 버틴 끝에 다이어트에 성공했지만 폭식으로 그간의 노력을 물거품으로 만든 적도 있었다.

시험기간에는 '한숨도 안 자고 새벽까지 공부할 거야!' 다짐했지만 눈 뜨면 다음 날 아침이었다. 시험범위를 다 못 봤다며 울고 있는 나를 보고, 언니는 혀를 끌끌 차며 이야기했다. "으이그, 간식만 먹고 또 잤네. 잘했다, 잘했어." 이런저런 공부를 한답시고 학원비에 교재비, 교통비 등등 돈, 시간, 에너지를 썼지만 중도에 포기한 것이 몇 번인가!

엄마한테 버럭 짜증내고는 '다음부터 안 그래야지…' 하지만 다음에 만나서 또 짜증을 내고 있다. 아이에게도 마찬가지다. 어떤 행동이 마음에 안 들어 갑자기 이성을 잃고, 헐크로 변한 뒤에 '아이고, 다음엔 화를 내지 말고 훈육을 해야지…' 하지만 난 또 헐크가 되고 만다. 이렇게 열거하자니 정말 나의 배신은 끝이 없었다.

사는 동안 했던 나와의 약속은 지킨 것보다 지키지 못한 것이 더 많았다. 오늘의 마음도 어제와 다를 때가 많았다. 생각을 바꾼다는 것이, 뜻을 번복한다는 것이 고민스러울 법도 한데 나는 그저 '안 되면 말고, 아니면 말고' 하는 식이었다.

'인간의 의지는 실낱같다'라고도 하지 않나? '자신의 의지'를 지나치게 높이 평가함을 경계하라는 차가운 독설일지 모르겠으나 나는 이 문구가 좋다. '나만 그런 것은 아니구나…' 싶은 마음에서일까? 저 말을 들으면 아무도 모르게 떨고 있는 불안한 내 마음이 한풀 긴장의 끈을 놓는 것 같다.

세상은 시간의 흐름에 따라 변화하고, 변화는 삶의 본질이다. 그렇게 따지고 보면 사실 변하는 것이 정상이다. 상황이 변하면 무엇이든, 누구든 변할 수 있다. 생명은 죽음의 씨앗을 품고 있으며, 만남은 이별을 전제한다. 사랑했던 무엇이 변했다는 현실은 아프고, 슬프다. 진정으로 괜찮아질 때까지 오래 걸릴 것이다. 하지만 그 사실

에 '배신'이라는 이름을 붙여 자신을 피해자로 만드는 것만은 피해야 한다. 실컷 아파하되 화내고, 부수고, 원망하지는 않아야 한다. 물이 얼음이 됐다고, 물이 수증기가 되어 날아갔다고 물이 잘못한 것은 아니지 않은가! 물을 둘러싼 환경이 변했을 뿐이다. 물은 그에 따라 변한 것뿐이다.

내가 나와의 약속을 저버린 것과 같이 누군가와의 약속을 저버렸다면, 그래도 여전히 내 옆을 지켜줄 이는 과연 누가 있을까? 단연코 아무도 없다.

> "오늘까지의 나로 미루어 짐작해볼 때,
> 내일의 나는 믿을 만한 사람이 아니다."
>
> – 하상욱, 《튜브, 힘낼지 말지는 내가 결정해》 중

이 말에 공감하지 못할 사람은 없을 것이다. 수많은 도전과 결심은 작심삼일로 끝나는 경우가 부지기수다. 그러니 미루어 짐작해보건데 내일의 나 역시 믿을 만한 사람은 아니다. 그럼에도 나는 나를 또 믿어 본다. 언젠가 나와의 약속을 지켜줬던 나를 잊지 않고 기억하기 때문이다. 그래서 나는 나를 배신하는 법이 없다. 죽기 전까지 믿어주고, 기다려주며 기회를 준다. 그렇게 내 옆에 자신이 있음을 알려온다.

칠전팔기(七顚八起)는 일곱 번 넘어져도 여덟 번째 일어난다는 말로, 실패에 좌절하지 않고 끝까지 도전하는 이들에게 용기를 주는 사자성어다. 이 말은 중국의 고서에서 유래된 것으로 그 옛날 전투에 패해 쫓기게 된 장수가 조그만 굴에 몸을 숨겼는데 입구에 거미 하나가 줄을 치기 시작했다. 장수는 할 일도 없고 해서 거미가 치는 줄을 흩어버렸다. 하지만 거미는 처음부터 다시 줄을 치기 시작했다. 그러자 장수가 다시 흩어버렸다. 그런데 거미는 끝까지 포기하지 않고 묵묵히 여덟 번째 거미줄을 치는 것이다.

'이만하면 포기할 일이지!'

거미의 우둔함을 탓하던 순간 적병 수색대가 굴 입구에 들이닥쳤다. 이제는 꼼짝없이 죽었다 생각하고 있을 때 노련한 적의 병사 하나가 굴 입구로 다가와 거미줄로 입구가 막힌 것을 보고는 아무도 안에 들어가지 않았을 것이니 수색할 필요가 없다며 동료들을 이끌고 돌아갔다. 여러 번의 실패에도 좌절이나 원망 대신 그저 해야 할 일을 묵묵히 해나간 거미 덕분에 장수는 목숨을 구한 것이다. 포기를 모르는 거미처럼 내게도 일곱 번 넘어져도 여덟 번째 다시 할 수 있다. 믿어주고, 기다려주는 내가 있다.

"믿음은 바라는 것들의 실상이요.
보이지 않는 것들의 증거니."

– 《성경》 '히브리서' 11장 1절

믿는다는 것은 때로 공상으로 치부되고, 은근한 조롱의 대상이 되기도 한다. 하지만 나는 믿고 싶었다. 내가 무엇을 믿는지 정확히 모르겠지만 무언가 분명 믿는 것이 있다고 어렴풋하게나마 느껴졌다. 나는 그 가늘고 흐릿한 줄을 놓치고 싶지 않았다.

그 개념의 힘 또는 그것을 보는 내 마음의 힘이 약하기만 했던 '믿음'을 선명하고 명확하게 그려준 말. '믿음은 바라는 것들의 실상, 보이지 않는 것들의 증거'라니 이보다 더 명쾌할 수 있을까?

믿는다는 것은 아는 것과 다르다. 우리가 무엇을 믿는다고 할 때 그 실체는 우리 앞에 없어야 한다. 그 실체를 볼 수 있다면 그것은 믿는 것의 확인이며 바로 아는 것이다. 내가 믿는 것을 지금은 보여줄 수 없다. 그것이 믿음의 성질이다. 그러므로 지금 보여줄 수 없음에 나의 가능성을 제한하고, 누군가 내 믿음이 "실현 불가능하다" 해도 흔들릴 필요 없다. '믿음' 자체가 바로 실상이요, 증거이기 때문이다. 나는 나를 배신하지 않는다. 그러니 그것을 믿고, 그 믿음대로 나아가면 된다.

원하는 것은 이미 내 안에 있다

1499년 피렌체는 많은 예술가들에게 도시를 상징하는 조각 작품을 만들어달라 제안했다. 여러 거장들이 작품 제작에 뛰어들었지만, 거대한 대리석에 흠집을 남길 뿐이었다. 여기에 새파란 20대의 미켈란젤로(Michelangelo Buonarroti)가 뛰어든다.

제대로 먹지도 씻지도 않고 거대한 대리석, 흰 돌덩이만을 노려보던 그의 마음속에 며칠 뒤 형상이 떠올랐고, 그는 미친 듯이 돌을 깎아내기 시작했다. 그리고 3년에 걸친 작업 끝에 다비드상을 완성한다. 거대한 다비드상을 시뇨리아 광장에 설치했을 때 많은 피렌체인들은 청년 다윗의 패기와 위엄에 압도당하지 않을 수 없었고, 미켈란젤로에게 아낌없는 찬사를 보냈다.

또 다른 조각상 피에타는 그가 스물네 살일 때 당시 로마 교황청 주재 프랑스 대사였던 장 빌레르 드 라그롤라(Cardinal Jean Bilheres de Lagraulas)의 주문으로 제작하게 된다. 피에타란 '자비를

베푸소서'라는 뜻으로 성모 마리아가 죽은 그리스도를 안고 있는 모습을 표현한 조각상이다. 정면에서 봐도 감탄스러워 마지않는 이 조각상에는 또 다른 숨은 뜻이 있다.

대중에게 공개된 당시 예수에 비해 성모 마리아의 신체 비율이 더 크다며 비판을 받자 그는 당당하게 "이 조각상은 신에게 바치는 작품이니 인간의 시선으로 평가하지 말라"고 말한다. 정말로 90도 각도로 위에서 바라본 이 작품은 정면에서 본 것과는 전혀 다른 모습이다. 살짝 감은 듯한 두 눈, 힘없이 벌어진 입, 가냘픈 콧날, 수척한 볼, 어머니에게 안겨 축 늘어진 그리스도의 모습에서 탄식이 나온다. 정면에서 본 것과는 확연히 다른 모습으로 예수 그리스도를 비춰주고 있는 그의 천재성에 또 한 번 놀라게 된다.

> "나는 대리석 안에 갇힌 천사를 보았고
> 그가 차가운 돌 속에서 풀려날 때까지 돌을 깎았다."

르네상스 시대를 대표하는 천재 예술가 미켈란젤로가 남긴 말로 그는 자신의 조각 작업을 '새롭게 만들어내는 창조'가 아닌 '이미 있는 것을 밖으로 드러내는 과정'으로 표현했다. 우리가 원하는 것을 이루어가는 과정도 이와 유사하다. 우리가 원하는 것은 이미 우리 안에 있다. 천재 예술가가 대리석 안의 천사를 세상 밖으로 꺼내준 것처럼, 내 안에 잠들어 있는 '내가 원하는 나'를 두드리고 일깨워서 세상 밖으로 나오게 해야 한다.

형이상학자이자 강연가로 유명한 네빌 고다드(Neville Goddard)는《전제의 법칙》에서 이를 자세히 다루고 있다.

"건강, 부, 아름다움, 그리고 천재성은 창조되지 않는다. 그것들은 당신 마음의 배열구조, 즉 당신의 자아관념에 의해서 외부로 구현될 뿐이다. 자아관념이란 당신이 사실이라 받아들이고 동의한 모든 것들을 말한다. 이미 원하는 사람이 됐다고 느끼고 더 높은 목표를 향해 단호하게 밀고 나가라. 이러한 전제가 현실이 되는 데 걸리는 시간은 이미 그러하다는 것을 얼마나 자연스럽게 받아들이는지에 비례한다는 것을 명심하기 바란다." 전제가 현실이 되기 위해서는 '이미 그러하다는 것을 자연스럽게 받아들이는 것', 그것이 중요하다고 말한다. 우리가 흔히 알고 있는 '끌어당김'이 실패하는 이유도 원하는 것을 이룬 자신의 모습을 한 치의 의심도 없이 상상하는 데 실패했기 때문이라고 한다. 하지만 과연 완벽한 상상만 하면 이루어질까? 현재의 나와 전혀 다른 모습을 순순히 인정하기만 하면 이루어질까?

사실 이것은 구체적이며 실제적인 내 현실 속에서 꾸준히 반복되어온 나의 노력, 인내, 헌신 등이 있을 때에만 가능하다. 그 노력이 조금씩 쌓여 현실에서의 내 모습이 '이미 그러한 나'의 모습과 점점 더 가까워지는 것과 함께, 그러한 나를 받아들이는 것 역시 자연스럽게 가능해진다. 노력 없이 '나는 이미 그러하다'는 사실에 한 치의 의심도 품지 않는 것에만 집중하는 것은 공상과 망상일 뿐이다.

하지만 분명히 그 사실('나는 이미 그러하다')을 받아들이고 인정하는 것은 무척이나 중요하다. 처음 꿈을 꾸는 시작은 현실적으로 힘들고 불가능해 보여 꿈을 꿀 엄두조차 내지 못하는 경우가 많다. 그럼에도 우리는 시작할 용기를 내야 하고, 그 꿈을 향해 한 걸음씩 앞으로 나아가며 노력할 수 있어야 하는데, 그때 이 '전제의 법칙'은 큰 힘이 된다. 이상을 현실로 가져올 수 있는 힘이 내 안에 있음을 아는 것은 어떤 동기부여보다 강력한 힘을 가진다.

'나는 할 수 있다'라는 전제는 불확실성을 내포한다. 이는 현재에서 미래로의 흐름이고, 할 수 없을지도 모르기에 불안과 두려움이 들끓으며, 노력은 아프고 인내는 쓰게 다가온다. 반면에 '나는 ~이 됐다'라는 전제는 미래에서 현재로의 흐름이다. 그것은 내 노력을 우상화하지 않으며 당연한 것으로 만든다. 노력의 한계를 없애고 이룰 수 있게 도와준다. 나는 그것을 이미 이뤘으므로 이 정도의 노력은 마땅히 필요한 것이다.

꿈을 현실로 이루어준다는 '100일 동안 목표 100번 쓰기', '100일 동안 목표 1,000번 말하기'에 대해서도 생각해보자. 나는 2가지 모두 해봤고 여러 번 시도 끝에 한 번씩 성공했는데 목표를 이뤘냐 물으면 답은 '아니'다. 실패했다. 쓰면 이루어진다고 하니, 목표를 이루기 위한 행동계획은 없었고 오로지 쓰는 자체가 목표였다. 이 허무맹랑하고 가학적인 방법으로 (내가 이 방법을 그렇게밖에 활용하지 못했다는 뜻이다) 시간 낭비를 한 후 얻은 것이 있다면 그것 역시 소중한 경험이라고 생각한다.

원하는 것을 하나의 문장으로 만들어서, 매일 100번 쓰는 것은 생각 이상으로 힘든 일이다. 딱 10일만 지나 봐도 안다. 웬만큼 가치 있는 것이 아니라면 목표를 쓰다가 '아… 그냥 안 갖고 싶다. 없어도 되겠다'라고 생각하게 된다. 매일 1,000번 말하는 것도 힘들긴 매한가지다. 목이 너무 아프고 시간도 꽤 오래 걸린다. '이게 뭐라고 내가 매일 이걸 1,000번이나 중얼거리고 있지?' 하고는 포기한다.

팔이 떨어져나가는 것 같은 고통을 참고, 소중한 시간을 이렇게 낭비하다니… 싶은 마음까지 꾹꾹 눌러가며 100번 쓰기를 하다 보면, 그것이 정말 내가 원하는 것인지 아닌지 알 수 있다. 진짜 원하는 목표를 쓸 때에는 팔이 아픈 것도 참을 수 있고, 흐르는 시간도 아깝지 않다.

쓸데없는 시간 낭비라고 말하는 이들도 많은 100번 쓰기, 1,000번 말하기로 얻을 수 있는 것 첫 번째는 '내 목표에 대한 간절함'을 테스트해볼 수 있다는 것이다. 두 번째는 생각보다 힘든 과정임에도 목표에 집중해서 끈기 있게 실천해가는 과정을 통해서 인내력과 행동력을 다질 수 있다는 것이다. 실제 도전을 위한 예열과정을 거치는 것 같다고나 할까? 세 번째는 실질적인 결과물은 없었지만 스스로에게는 성공했다는 자체가 꽤 뿌듯함을 줄 수 있다는 것이다. 물리적인 고통 때문인지, 시간 낭비라는 정신적 압박 때문인지는 모르겠으나 도전하는 사람에 비해 성공하는 사람은 지극히 적은 미션이라 '미션 성공' 자체만으로도 의미 있는 경험이 될 것이다.

> "외부 세계는 내부 세계의 반영이다.
> 외부에서 나타나는 건 내부에서 발견된 것이다.
> 내부 세계에는 무한한 지혜와 힘이 있으며,
> 필요하고 가능성 있는 모든 것이 끝없이 샘솟는다.
> 만일 내부 세계에서 이런 잠재력을 인지한다면
> 그것들은 외부세계에서 구체화될 것이다."
>
> – 찰스 해낼(Charles F. Haanel), 《부와 성공의 문을 여는 찰스 해낼 마스터키 시스템》 중

원한다는 것은 안다는 것이고, 안다는 것은 내 안에 있다는 것이다. 내 안에 없으면 알 수 없고, 알 수 없는 것은 원할 수도 없다. 모르는데 어떻게 원할까? 원하는 것은 이미 내 안에 있다. 그것들은 세상 밖으로 나와 자신의 모습을 드러내기를 기다리고 있다. 내 삶에 원하는 것들을 펼쳐 내보이기를 바라고 있다. 나는 내 삶의 미켈란젤로가 되어 내 안의 천사를 발견하고, 그것들이 세상 밖으로 나올 수 있도록 나를 써야 한다. 원하는 것은 이미 내 안에 있다.

우리는 우리가 선택한 것을 받는다

가브리엘 (꿈꾸는 듯한 표정이 되어) 1922년에서 1957년까지…. 삶이란 건 나란히 놓인 숫자 두 개로 요약되는 게 아닐까요. 입구와 출구. 그 사이를 우리가 채우는 거죠. 태어나서, 울고, 웃고, 먹고, 싸고, 움직이고, 자고, 사랑을 나누고, 싸우고 얘기하고, 듣고, 걷고, 앉고, 눕고, 그러다…… 죽는 거예요. 각자 자신이 특별하고 유일무이하다고 믿지만 실은 누구나 정확히 똑같죠.

(…)

아나톨 부모도 선택할 수 있나 보죠?

카롤린 물론이에요. 우리는 누구나 태어나기 전에 자기 부모를 선택했어요. 그렇기 때문에 그들을 정말로 원망할 수는 없어요.

– 베르나르 베르베르(Bernard Werber), 《심판》 중

《심판》은 프랑스 작가 베르나르 베르베르의 두 번째 희곡이다. 60

세 남성 아나톨 피숑이 폐암으로 수술을 받던 도중 사망하며 사후세계에서 피고인으로 심판을 받는 과정을 그리고 있다. 자신의 재능을 등한시하고 낭비한 죄, 용기가 없어 운명의 상대를 놓친 죄로 아나톨은 판사로부터 '삶의 형'을 구형받는다.

자신은 아나톨 피숑으로 계속 살고 싶을 뿐 다시 태어나는 것은 싫다며 형을 거부하지만 사후세계에서의 심판을 거치며, 자신의 부모, 직업, 죽는 방법까지 선택하는 과정을 거친 뒤 지상으로 보내진다.

우리가 이렇게 사랑하며 살고 있는 삶이 사후세계에서 내리는 '형벌'이라니! 베르나르 베르베르의 소설은 우리의 삶, 죽음, 인생의 다양한 소재들에 대해 무한한 상상력을 발휘하며, 새로운 시각과 각도로 이야기를 풀어나간다. 그의 소설은 이솝우화 같은 교훈을 주기도 하고, SF영화를 보는 것 같기도 하고, 어떤 경전을 읽는 것처럼 깨달음을 주기도 한다. 그의 소설에서 강렬한 중독성을 느끼는 것이 비단 나뿐만은 아닐 것이다.

내 삶이 마뜩잖을 때가 있다. 열심히 사는 것 같은데 늘 제자리걸음이고, 그러다 보니 어느새 일상이 시시하고 삶이 시들해져버릴 때가 있다. 각자 삶의 권태를 덜어내는 방편이 있을 것이다. 나도 친구를 만나 수다를 떨거나, 헤어스타일을 바꿔 보거나 낯선 곳에 가 보거나 하는 것들을 좋아한다. 도서관에서 책 읽고 공부하는 사람들을 보는 것, 머리끝까지 가득 찬 책들 사이를 지나는 것도 좋아한다. 그럴 때 권태 대신 열정이 다시금 생겨난다. 책이 새로움과 배움의 에너지를 가득 품고 있어서일까?

도서관에서 책 구경을 하다 우연히 이 책을 발견했다. 그의 책은 발상이 신선하고 충격적이었다. 나에게 주어진 이런저런 것들에 아쉬움과 불만이 일렁일 때 이 책을 읽고 '아… 차라리 이 모든 것이 내가 선택한 것이었다면 좋겠다!'라고 생각했다. '자유의지의 끝판왕', '정신승리' 그게 무엇이든 들끓는 내 마음에 찬물 한 바가지 끼얹는 것 같은 속 시원함을 줬다. 이 책은 그것으로 충분했다.

지금 내 삶의 시나리오를 사전에 내가 선택했다. 생각해보니 새삼 원망할 일도, 미워할 이도 없었다. 무엇보다 나를 가만두지 않는 내 안의 나를 이해하게 됐다. 이런 나조차 내가 선택한 것이라고 생각하니 내가 나를 가만두지 않아 계속 한계에 부딪혀야 하는 피곤하고, 고된 삶도 순순히 받아들이게 됐다.

워킹맘에 공부까지 하는 삶을 선택한 이유는 내 안에서 나를 다그치는 마음 때문이었다.

'지금보다 더 잘할 수 있다.'
'너는 지금보다 더 성장하기를 바란다.'

내 머리인지 가슴인지 모를 어딘가에서 계속 말을 걸어오는 통에

내 마음은 조용할 날이 없었다. 나는 무엇보다 시끄러운 내 마음이 불편했다. 세상이 내 마음대로 되지 않는 것은 알지만, 내 마음까지 내 마음대로 안 된다는 것은 괴로운 일이다. 그래서 선택한 내 삶이 타인의 눈에는 참 힘들어 보였나 보다.

"왜 그렇게 힘들게 살아?"
"아등바등 살지 마, 그렇게까지 할 필요 없다."
"죽으면 그만인데 즐기면서 여유롭게 살아. 지금도 충분해."

나를 아끼는 이들의 이런 말들은 비수가 될 법도 했지만 난 오히려 내가 옳은 길을 가고 있다는 확신이 들었다. 그리고 속으로 생각했다

'어차피 사는 것은 다 힘들어.'
'이건 최선을 다하는 삶이고, 내가 나를 사랑하는 방법이야.'
'언제 죽을지 모르니 더더욱 내가 하고 싶은 것을 할 거야.'

그리고 다음과 같은 말들은 나의 결심이 약해질 때마다 나를 자극하고, 위로하는 힘이 되어줬다.

> "우리를 존재하게 한 힘이 우리에게 더 높은 곳으로 올라가라고 자극한다. 끊임없이 진보하라고 우리를 부추기는 그 집요한 본능이 뜻하는 바는 무엇일까?"
>
> – 샤를 바그네르, 《단순하게, 산다》 중

“인간은 자기 자신을 피조물로서 만족하지 못한다.”

“생명은 성장하고 표현하며 스스로 살아가려는 성향이 있다.”

– 에리히 프롬

“사람은 항상 껍질을 벗고 새로워져야 하며, 항상 새로운 삶을 향해 나아가려고 해야 한다. 한층 새로운 자아를 만들기 위한 변화를 평생 동안 멈추지 마라.”

– 니체(Nietzsche)

‘물고기는 물에 있어야, 새는 공중에 있어야, 두더지는 땅속에 있어야만 행복하다’라고 한다. 내 삶의 방식은 누구도 아닌 오직 나 자신의 마음에 꼭 들어맞아야 한다. 누군가 내 삶의 방식이 불편하다 해도 그것은 내가 관여할 수 있는 문제가 아니다. 반대로 누군가의 삶의 방식이 마음에 들지 않는다 해서 내가 관여할 수는 없다. 자녀 역시 마찬가지다. 우리의 생각을 제안하고, 방향을 제시할 수는 있으나 직접 결정해줄 수는 없다. 우리는 각자 독립된 개체이고, 그들 영혼의 바람을 우리가 절대 알 수 없기 때문이다.

과거에 내가 선택해온 것들이 지금 내 삶을 이루고 있다. 현재 내가 선택한 것들이 미래의 나와 내 삶을 이루고 있을 것이다. 우리는 우리가 원하는 것을 선택할 수 있다. 그것이 무엇이든 다 이룰 수 있다는 뜻이 아니다. 그것을 선택함으로써 그것에 가

까이 다가가는 삶을 만들어갈 수 있다는 것이다. 우리가 원하는 것을 선택하고, 그것에 가까워지는 삶을 만들어감이 나와 내 삶을 사랑하는 방법 아닐까?

진짜 어른의 삶을 시작하라

"그러나 시간이 지나도
아물지 않는 일들이 있지.
내가 날 온전히 사랑하지 못해서
맘이 가난한 밤이야."

– 아이유, 〈아이와 나의 바다〉 중

예전부터 알던 노래라도 어느 날 문득 가슴에 들어올 때가 있다. 얼마 전 내게 이 노래가 그랬다. 이만큼 나이를 먹고 살다 보면 과거의 힘들고 어려웠던 일쯤은 거뜬히 치유하고, 스스로 괜찮다고 생각하며 살 줄 알았고 실제로도 그랬다. 그런데 난데없이 이 가사에 마음이 꽂힌 것을 보니, 시간이 지났어도 아물지 않는 일들이 있었나 보다.

나는 대체로 내가 좋았지만 어딘가 모르게 아쉬웠다. 못하면 못하

는 대로, 잘하면 잘하는 대로 더 잘하고 싶었다. 특히 가족들에게 인정받고 싶은 마음이 컸다. 늦둥이 막내딸이었던 나는 크면서 공부하라 소리 한 번을 안 들어 봤다. 내 시험 성적이 좋아도 나빠도 부모님은 크게 관심이 없었고, 나는 그게 불만이었다.

딸만 셋인 우리 집에서 부모님은 알게 모르게 '아들, 아들' 하셨다. 이제 와서 없는 아들을 어쩌겠는가! 내가 아들이 될 수도 없는 노릇이었다. 일찌감치 넷째라도 낳아 보시지! 부모님은 내게 아무 기대도 없었다. 늦게까지 공부하고 있으면 불을 끄고 일찍 자라고 하셨다. 임용고시를 다시 준비한다고 했을 때도 힘들게 그런 것은 뭐하러 하냐고, 애나 잘 키우라고 하셨다.

부모가 되어 보니 무슨 마음이셨는지 대충은 가늠이 되지만 듣기에는 서운했더랬다. 그래도 누구와 차별받은 기억 없이 사랑도 많이 받고 자랐다. 그래서 내가 나를 아쉬워하는 이유를 나조차 잘 몰랐고, 그저 그런가 보다 덮어두고 살았다.

그러다 '마음빼기 명상'을 접하게 됐고, 머릿속에서 지난 삶을 돌아보고, 버리는 과정을 반복해보면서 한 가지 지속적으로 떠오르는 생각을 발견했다. '내가 아들이었어도 엄마가 그랬을까?' 하는 것이었다. 엄마는 내가 어렸을 적부터 몸도 마음도 아팠다. 나는 그 때문에 돌봄을 덜 받았고, 소외되어 자랐다고 생각해 엄마를 원망만 했다.

하지만 돌이켜 그 마음을 자세히 들여다보니 내 존재가 부모님의 마음을 온전히 채워주지 못한다는 것에 대한 아쉬움에 계속 집착하고 있던 것이었다. 그만큼 내가 부모님을 사랑했고, 존재 자체로 사랑받고 싶었다는 것을 깨달았다. 특히 엄마에게 말이다.

설령 그것이 진짜 정답이 아니라 해도 나는 나름의 정답을 찾은 기분이었고 마음이 홀가분했다. 더불어 내가 아이들에게 무엇을 해줘야 하는지도 선명하게 깨달았다. 결혼 후 첫째가 아들이었을 때는 그런가 보다 했고, 둘째는 100% 딸일 거라고 확신했는데 (강한 바람이 근거 없는 확신을 만들었다) 초음파 검사 후에 아들인 것을 알았을 때 눈물이 났다. 설마 싶은 마음에 재차 묻기도 했다. "엄마가 그러면 애가 다 눈치 채니까 그러면 안 돼요"라고 초음파를 봐주던 선생님이 이야기했다. 오죽 답답하면 그랬을까? 건강하게 자라주는 것만 해도 어딘데, 정말 감사라고는 모르는 무식한 엄마였다.

그래도 내리사랑이라고 막상 둘째가 태어나니 마냥 예뻤다. 딸에 대한 미련은 있었지만 둘째가 아들인 것이 섭섭하지는 않았다. 그런데 둘째는 크면서 공주 목걸이를 사달라는 둥, 여자 친구들이 좋아하는 장난감들을 사달라는 둥 하는 말을 했다. 그래서 왜 그러냐고 물었더니 "엄마가 공주 좋아하잖아"라는 것이었다. 어디서 무슨 말을 들었는지… 그 말에 심장이 쿵 내려앉는 것 같았다.

"아니야, 엄마는 니가 아들이라서 너무 좋아. 진짜야" 하고 대답하니, 아이는 "정말?"이라고 반문했다. "그래… 엄마는 너 있는 그대로가 너무 좋아. 너를 바꾸지 않아도 돼"라고 하며 꼭 안아줬다. 뭘 몰

라도 한참 몰랐던 나는 그제야 아이의 모습에서 나를 봤다. 내 마음을 꽉 채우고 싶어 하는 아이를 통해 나는 그제야 있는 그대로의 나로 온전해질 수 있었다. 내가 아이들에게 줘야 하는 것은 존재함으로 존재의 이유를 다했음을 알게 하는 긍정과 사랑이었다.

진짜 어른의 삶이란 어떤 것일까? 자기 삶에 책임감 있게 임하고, 남에게 피해를 주지 않고 사랑하며 살면 되는 것일까?

어른으로 살아가는 삶의 첫 시작은 바로 자신을 용서하는 것이라고 생각한다. 자신을 용서하는 것은 타인에게 용서를 구할 용기, 타인을 용서할 용기의 바탕이 된다. 자신을 용서하는 것은 삶을 주체적으로 살아가겠다는 의지의 시작이다. 과거 나에게 일어난 불행 앞에 선택권이란 없었고, 나는 옴짝달싹 할 수 없는 피해자였을 뿐이라고 생각했던 나를 용서하는 것이다. 그런 미숙하고 어리석은 나였기에 나 또한 누군가를 아프게 할 수밖에 없었는데, 그것조차 몰랐던 나를 용서해야 한다. 그토록 아름답게 빛나던 나를 온전하게 사랑해주지 않은 스스로를 용서해야 한다.

돌이켜 보면 대단히 큰 불행이나 비극 없이 그럭저럭 잘 지내왔음에도 나는 과거 수많은 상황 속에서 나를 용서하지 못했고, 그것을 감추려 주변과 환경을 탓하고 원망하며 살아왔다. 그런데 자세히 들여다보니 탓하고 미워하고 원망한다는 것은 한편으로는 내 의지와 결정권을 상대의 손에 쥐여준다는 의미이기도 했다. 내가 나를 온전히 인정하고 사랑한다면, 내 삶에 일어나는 사건들에 수동적인 자세를 취하지만은 않을 것이다. 문제를 내 의지대로 바꿀 수는 없지만 문제를 바라보는 나의 관점은 내 의지대로 바꿀 수 있다.

> '삶은 어떤 절망적인 순간에도 잠재적인 의미를 가진다.'
>
> – 빅터 프랭클, 《죽음의 수용소에서》 중

'스스로 선택할 수 있는 것이 아무것도 없는 상황에서마저 유일하게 선택할 수 있는 것이 있는데 그것이 바로 자유의지다'라고 빅터 프랭클은 말한다. '내 인생의 단순한 비극 앞에 잠시나마 삶의 잠재적인 의미마저 내던진 적은 없었나… 때로는 그 비극을 끌어안고 불지옥으로 뛰어든 적은 없었나' 하고 나를 돌아보게 됐다. 오랫동안 나라는 주관적인 관념에 사로잡혀 객관적인 시선으로 나와 주변을 보지 못했다. 너무도 인간적이었던 불안정한 과거의 나를 용서하고, 이제는 어른으로서의 삶을 시작하고 싶다.

노벨문학상을 수상한 한강 작가의 시 〈어느 늦은 저녁 나는〉에서 작가는 평범한 저녁에 밥 한 공기에서 올라오는 김을 바라보다 "무엇인가가 영원히 지나가버렸다고/지금도 영원히 지나가버리고 있다고" 깨닫는다. 이 시는 끊임없이 흘러가는 삶 속에서 무엇인가 영원히 사라지고 현재, 미래 역시 그렇게 될 것이라는 허무적인 삶의 본질 앞에 그럼에도 불구하고 삶은 일상의 것들을 묵묵히 해내면서 살아내야 하는 것임을 말하고 있다.

하지만 그러한 감상 전에 나는 이 시를 읽고 따뜻함을 느꼈다. '흰 공기에 담긴 밥에서 김이 피어 올라' 그랬는지 아니면 '밥을 먹어야지'라고 해서인지 모르겠다. 작가는 밥을 먹었다. 피어오른 김이 사라지고, 작가의 입속으로 들어간 밥이 사라지고, 밥을 먹던 작가도 사라질 것이다. 그럼에도 묵묵히 밥을 먹는다. 그렇게 삶을 살아내는 모습에서 나는 따스함과 사랑을 느꼈다.

하나님은 무엇인가를 창조할 때마다 "참 좋구나"라고 말씀하셨다고 한다. 나는 이 말이 좋다. 이 세상은 '참 좋은' 것들로 가득하다는 뜻 아닌가…? 나와 너, 우리가 참 좋다. 과거의 나를 용서하고, 일상을 사랑으로 채워나감이 진짜 어른의 삶 아닐까?

이제
당신 차례다

고3 수능을 끝내고 맞은 겨울방학. '아르바이트 한번 해보고 싶다…' 생각하던 차에 같은 동네 살던 숙모 손에 이끌려 일을 하러 가게 됐다. 냉장고 부품을 납품하는 제조 회사였는데 20년도 더 지난 일이지만 그때의 일들이 생생하게 기억나는 것은 아마 인생의 쓴맛을 처음 맛본 경험 때문일 것이다.

무난하게 야채나 과일 보관통에 그림을 찍어내는 일부터 시작해, 이것저것 하다 보니 라인 작업까지 하게 됐다. 컨베이어 벨트 옆에 5~6명이 서서 각자 자기가 맡은 부품을 끼워 넣어 완제품으로 완성하는 일이었다. 처음에는 재미있어 보였다. 하지만 막상 해보니 재미는커녕 죽을 맛이었다. 한번 시작한 작업은 2~3시간 계속됐고, 같은 행동을 반복하다 보니 팔이 떨어져나가는 것 같았다. 내 행동은 서서히 느려지다 이내 불량을 냈다. 앞에서 검수하던 사람이 소리를 쳤고, 나는 움찔하는 마음에 서러워 눈물이 났다.

고작 열아홉 살 여고생이 공장에 아르바이트 와서는 일하다 울고

있는 것을 보면 누구나 측은지심이 들겠지만… 그럼에도 컨베이어 벨트는 작동을 멈추지 않았다. 그때 나는 내가 해야 할 일들을 계속할 수밖에 없었다. 나의 의지와는 상관없이 흘러가는 상황 속에 격하게 맛본 고통스러운 경험은 뇌리에 깊이 박혔다.

그때부터 시작이었을까…? 내가 삶을 컨베이어 벨트 위에 놓인 제품에 부품을 끼워넣듯, 처리해야 할 일들로만 대했던 것이. 내 앞에 놓인 순간들은 늘 순식간에 지나갔다. 특히 결혼을 하고, 아이들이 태어난 후부터는 정신없는 날들의 연속이었다. 그 순간을 느끼고 기억의 저장소에 예쁘게 보관해두는 일 같은 것은 할 여력이 없었다(사실 여력이 없었다기보다 그 순간의 소중함을 몰랐던 듯하다).

30대 후반이 되면서부터는 회사에서도 집에서도 중책을 맡게 된다. 나를 찾는 사람들이 늘어나고, 내가 해결해야 할 일들이 산적한다. 집에서는 또 어떤가? 한창 크는 아이들은 돌아서면 집 안을 쑥대밭으로 만들어놓는다. 먹이고, 씻기고, 재우는 것만으로도 남은 하루가 다 가고, 아이들을 재우다 나도 잠들고 만다. 단 10분이라도 조용히 나만의 시간을 가지기가 쉽지 않다. 혹여 아이가 아프거나 집안에 대소사가 있는 날은 예민보스가 된다.

그렇게 하루하루 휘몰아치듯 살다 보면 어느 날은 바람 빠진 풍선마냥, 김빠진 콜라마냥 종일을 아무것도 안 하고(안 한 것인지 못 한 것인지 모르겠지만) 누워만 있다. 그럴 때 나는 내가 마치 주인 없는 하인이 된 것 같았다.

'내가 누구를 위해서 이렇게 열심히 살고 있지?'
'지금 내가 나를 위해서 하고 있는 것은 뭐지? 아무것도 없잖아?!'

하지만 그런 고민도 잠시 그렇게 충전이 끝나고 나면 다시 태엽을 빵빵하게 감은 인형처럼 또 힘차게 움직였다.

정신분석가 카를 구스타프 융은 "마흔이 되면 마음에 지진이 일어난다"라고 말했다. 나는 이 말에 매우 공감한다. 나 역시 내 안에 지진이 일어날 것 같은 불안과 공포에 부랴부랴 나 자신을 달래고, 챙기고, 무엇을 원하는지 물어보고 들여다봤기 때문이다.

'엄마 마흔을 짓누르는 수많은 역할들을 빼면 남는 것은 무엇일까?' 내 삶을 돌이켜 곰곰이 생각해보면, 이내 예상치 못한 공허함에 당혹스러울 것이다. 하지만 그것은 자신을 알아봐 달라는 내면의 신호를 알아챈 첫 번째 순간이자 절망이 아닌 희망의 순간이다. 이 순간을 경험했다면, 다시 예전으로 돌아가기 힘들다. 자신을 외면한 채 살았던 시간들로 말이다. 지금부터 철저히 자신의 내면과 소통하고, 싸우고, 스스로를 어르고 달래며 알아가야 한다.

그렇게 자신과의 처절한 부대낌 끝에 원하는 것을 찾게 되도, 꼭 그것을 가질 수 있는 것은 아니다. 시도조차 못하는 경우도 많다. 그

렇다 해도 자신을 나무라지 않아야 한다. 아쉬워하지 않아야 한다. 자신을 들여다보며 존재를 알아준 것만으로도 우리는 스스로를 용서할 것이며 존중하고, 사랑할 것이기 때문이다.

못다 이룬 꿈을 향해 과감히 도전한 사람이 있다. 10여 년간 은행에서 근무하며 가족을 부양하고, 안정된 생활을 일구면서도 파일럿이 되고 싶었던 꿈을 끝내 놓을 수 없었던 가장의 이야기다. 나의 친한 친구의 가족이었던 그는 결국 부인을 설득해 은행을 퇴사하고, 몇 년의 공부 끝에 파일럿이 됐다.

반대로 이루지 못한 꿈으로 내내 아쉬워하는 사람도 있다. 경찰관이 되고 싶었지만 미처 이루지 못했고, 결혼해서는 식구들을 먹여 살리느라 하루하루 살다 보니 지금은 그저 직장인으로 살고 있다고 했다. 누구처럼 끝내 놓지 못할 꿈인가 생각해보면 그 정도는 아닌 것 같다. 생업을 그만두고 못다 이룬 꿈에 도전하기에는 감수해야 할 리스크가 너무 컸기 때문이다. 그렇다고 아쉽지 않냐고 하면 또 그것도 아니라고 한다. 그래서 입버릇처럼 늘 아쉬운 소리를 달고 지낸다.

한 명은 끝내 자신의 꿈을 이뤘고, 한 명은 그러지 못했다. 그러니 꿈을 이룬 사람이 더 행복한 삶을 살까? 목표를 이루고 꿈을 향해 나아가는 삶이 과연 행복을 보장해줄 수 있을까? 정답은 명백히 '아니오'다. 그렇다면 행복을 보장해주지도 않는 꿈을 우리는 왜 좇으며 사는 것일까? 왜 성장하고 더 나아지려고 노력하는 것일까?

그것은 '결핍' 때문이라 생각한다. 목이 마른 사람은 물을 마시면 일순간 행복해질 것이다. 배고픈 사람이 음식으로 배를 채우면 배고픔이 사라지고 잠시 잠깐 행복하다 느낄 것이다. 그렇지만 그 행복이 영원히 지속되지는 않는다. 꿈을 좇으며 그것을 위해 치르는 대가도 감수하는 사람은 그 꿈에 대한 결핍이 있기 때문이다. 그것을 채우고 해소해야만 한다. 그래야 행복을 주는 그 다음의 것들을 찾아갈 수 있다. 목마른 사람에게 물 외에 무엇이 그를 행복하게 해줄 수 있을까?

누군가 시작하지 않았다면 그것은 그만큼 간절하지 않다는 것이고, 간절하지 않다는 것은 그만한 결핍이 없다는 것이다. 목이 말라서 들어간 편의점에 물 한 병이 만 원이라면 목마름을 1시간 참은 사람은 고민할 것이고, 하루를 참은 사람은 고민 없이 물을 살 것이다. 그 차이뿐이다. 시작하지 않은 것은 자신의 능력이 부족해서도 의지와 열정, 용기가 없어서도 아니다. 나에게 필요하지 않았고, 내가 원하지 않았기 때문이다.

우리가 무엇을 이뤘건 이루지 못했건 상관없이 '살아내고 있음' 자체로 우리는 삶의 의무를 다하고 있다. 그러니 원하는 것을 이루지 못했다고 해서, 도전하지 못했다고 해서 스스로 아쉬워해서는 안 된다. 진심은 아닐지라도, 가벼운 대화거리로라도 과거를 후회하고, 현재를 아쉬워하는 말을 뱉어서는 안 된다. 그렇게 자신을 낮추는 것

이 겸손이라 착각해서도 안 된다. 내 생각을, 나의 말과 행동을 가장 먼저 보고 듣고 느끼는 사람은 바로 나 자신이다. 그런 사소한 말과 행동이 나에게 작은 생채기를 내고, 스스로의 자존감을 깎아 먹게 해서는 안 된다.

> '후회할 거라면 그렇게 살지 말고,
> 그렇게 살 거라면 후회하지 마라.'
>
> – 무라카미 하루키(村上春樹)

이제는 모든 것이 나의 선택이고, 그에 따른 결과로 나타나는 것이 내 삶이다. '어쩔 수 없었다'라며 내 인생의 주도권을 포기하는 것보다는 유별난 책임감을 가지는 것이 차라리 낫다.

내 영혼이 지속적으로 원하고 있는 것이 있다면 반드시 그것을 추구해야 한다. 한 번은 노력해봐야 한다. 그렇지 않으면 그 목소리는 평생토록 우리를 떠나지 않고, 우리 안에서 시끄럽게 떠들어댈 것이다. 자신을 한번 봐 달라고 말이다.

내가 무엇을 원하는지, 무엇을 하고 싶은지 모르겠다면 그것을 찾는 것부터 시작하면 된다. 어렵고 거창한 일이 아니다. 그저 자신을 '도움이 필요한 타인을 대하듯' 하면 된다. 바라보고, 지켜봐주고, 아껴주고, 무엇이 필요한지 관심을 가져주면 된다. 그것만으로도 충분하다.

'새는 알을 깨고 나온다. 알은 곧 세계다.

태어나려고 하는 자는 하나의 세계를 파괴하지 않으면 안 된다.'

– 헤르만 헤세(Hermann Hesse), 《데미안》 중

열심히 달려온 엄마 마흔, 진심을 담은 박수와 함께 존경을 보낸다. 지금껏 이루어온 당신의 세계에서 당신은 누구보다 아름답고 소중하다. 그토록 아름답고 소중한 당신이 그 세계에서, 스스로 알을 깨고 나와 자신만의 빛으로 찬란히 빛나기를, 마음을 다해 응원한다.

'Love yourself and your life.'

엄마 마흔, 시작하기 좋은 나이

제1판 1쇄 2025년 6월 6일

지은이 장연이
펴낸이 한성주
펴낸곳 ㈜두드림미디어
책임편집 김가현, 배성분
디자인 디자인 뜰채 apexmino@hanmail.net

㈜두드림미디어
등 록 2015년 3월 25일(제2022-000009호)
주 소 서울시 강서구 공항대로 219, 620호, 621호
전 화 02)333-3577
팩 스 02)6455-3477
이메일 dodreamedia@naver.com(원고 투고 및 출판 관련 문의)
카 페 https://cafe.naver.com/dodreamedia

ISBN 979-11-94223-69-6 (03810)

책 내용에 관한 궁금증은 표지 앞날개에 있는 저자의 이메일이나
저자의 각종 SNS 연락처로 문의해주시길 바랍니다.